COLL
L'IMA

Michel Leiris

Langage tangage

ou

Ce que les mots
me disent

Gallimard

Michel Leiris est né en 1901. Il a vingt-trois ans quand il adhère au mouvement surréaliste que lui a fait connaître son ami André Masson. C'est en poète et sous l'enseigne de Max Jacob qu'il débute dans la littérature, en 1925, avec *Simulacres*. Deux ans plus tard, il publie *Le point cardinal*, un récit qui est, comme chez Raymond Roussel, un télescopage d'images, de souvenirs, de rêves, de calembours nés de l'automatisme de la pensée, de jeux de mots. Dans le même esprit, avec la même liberté laissée à l'association d'idées, il écrit entre 1927 et 1928 *Aurora* (publ. 1946), où l'héroïne au prénom nervalien est le jouet du prestidigitateur Siriel (anagramme de Leiris) et subit les métamorphoses imposées par son nom, selon qu'il s'écrit horrora ou or aux rats, etc.

L'année 1929 est un moment décisif dans l'itinéraire personnel, intellectuel et esthétique de Leiris, une pierre de touche dans l'édification de son œuvre. Il rompt avec le mouvement d'André Breton. « Ayant longtemps souhaité de me dissoudre au sein d'une folie volontaire (telle que me semblait avoir été celle de Gérard de Nerval) », écrit-il à ce propos dans *L'âge d'homme*, « je fus pris soudain d'une crainte aiguë de devenir effectivement fou. » Il se détourne du strict jeu avec la langue pour faire de celle-ci un outil de recherche introspective. Ses interrogations sur lui-même, et notamment sur ses rapports avec le sacré, l'interdit, la transgression de l'interdit, l'érotisme et la mort rejoignent celles de Georges Bataille, son aîné, dissident comme lui du mouvement surréaliste. Leiris participera avec lui au Collège de Sociologie. En 1929 et 1930, il fournit, pour *Documents*, revue que vient de fonder Bataille, des textes qui seront réunis dans *Brisées* en 1969. Toujours à cette époque, Leiris entreprend une psychanalyse et s'intéresse aux mythes et à l'ethnologie. De 1931 à 1933, il participe à la mission Dakar-Djibouti. *L'Afrique fantôme* de 1934 n'est pas seulement la relation, d'ailleurs désenchantée, d'une expédition ethnographique, il s'en dégage en même temps cette veine autobiographique qui constituera l'essentiel de la production leirisienne, à certains égards la plus belle. Quant au filon ethnologique et poétique, il est de nouveau exploité dans *Tauromachies* (1937) et *Miroirs de la Tauromachie* (1938), deux textes magnifiques où Leiris élabore sa désormais célèbre vision de la « littérature considérée comme une tauromachie » ; puis dans *Haut Mal* (1943) où est rassemblée toute la production poétique de ces années de rupture.

Avec *L'âge d'homme* (1939), Michel Leiris revient à son expérience psychanalytique : rêves, souvenirs d'enfance, chocs esthétiques, anecdotes vécues, fantasmes, tout est bon qu'entraîne à soi l'écriture, et, comme l'on a dit de la musique qu'elle est faite de ce qui défait le musicien, l'on peut dire de *L'âge d'homme* qu'il est fait de ce qui défait, démantèle le sujet, lequel n'est effectivement plus, comme le dira Blanchot, le « je structuré du monde, mais déjà la statue monumentale, sans regard, sans figure et sans nom : le il de la mort souveraine ». Quelque risque qu'il soit déjà sûr d'encourir pour lui-même, Leiris n'en décide pas moins ici son entreprise autobiographique.

Sauf *Glossaire, j'y serre mes gloses, Nuits sans nuit, Bagatelles végétales* et *Grande fuite de neige*, l'essentiel de l'activité de Michel Leiris, depuis l'Occupation qu'il passe à écrire *Biffures*, est consacrée à la rédaction des volumes de *La règle du jeu*. S'il poursuit dans le premier volume les explorations commencées avec *L'âge d'homme*, avec *Fourbis* (1955), Leiris change de « tactique » : il ne laisse plus venir à lui les choses qui lui sont arrivées (rêves, fantasmes, expériences), il ne rappelle à lui que celles « qui revêtent une forme telle qu'elles puissent servir de base à une mythologie ». Et ce qu'aura gagné Leiris à cette reprise en main de son matériau littéraire, c'est cette remarquable aisance stylistique, qui confine parfois à la virtuosité, et qui caractérisera désormais sa plume. A la fin de *Fibrilles* (1966), troisième volet de son entreprise, Michel Leiris écrit qu'il est sans doute temps pour lui d'arrêter le jeu. Il ne le cessera que trente-cinq ans après l'avoir commencé, avec *Frêle bruit* qui clôt *La règle du jeu*.

Prix des Critiques en 1952, Michel Leiris a refusé le Grand prix national des Lettres en 1980.

Il est mort le 30 septembre 1990 dans l'Essonne.

SOUPLE MANTIQUE
ET
SIMPLES TICS DE GLOTTE

en supplément

A

abandon (inclus dans **abondance**)

abdomen : bas domaine.

abracadabra pour hurluberlu.

absurde — surapte à déboussoler.

action — axe (par élision).

Afrique à affres épiques.

âge — agite puis assagit?

alimentaire, élémentaire.

Amériques homériques.

amitié — admet-elle jamais l'*à moitié*?

amour — vous mord, vous moud, vous cloue, mais vous ouvre âme et corps.

anarchie — acharnée, nie.

andante (lent, dantesque et d'une grandeur emmerdante).

âne ahanant et hihanant.

anecdote antido(c)te.

anonymes unanimes.

antans hantant.

anthropologie — la jauge des antres d'entre peau et os, pas jolis!

Antilles titillantes...

antilope entée de cornes en tulipes.

Apollon à poils longs.

araire — sert, acerbe, l'art de préparer la terre.

architecture — tactique et esthétique des arches, toitures, etc.

argent — urgent pour arranger l'indigent.

argile : j'y lis la jarre.

art — tare, retard, ou — hasard terrassé — très rare
Ararat?

Asie jadis si assise...

aspirine — aplanisseuse inestimable d'aspérités.

Athalie : Lady Attila.

autobiographie — authentique obituaire, ta vie gri-
bouillée à ta griffe; photo de toi par toi offerte aux
autres avec bien trop de gravité.

avarice — le vice du vieux rapace.

aventure (En voiture! En avant! Hue!)

aveu — je veux qu'il me lave!

avidité — ta hâte d'éviter le vide...

avoir > voir.

B

babil labial.

Bacchus — écume et boit bacs et cuves.

bafouiller, balbutier, baragouiner, bégayer, bléser, bredouiller.

bagout (pour goujats ou gens à goûts bas?).

baiser (évidemment de braise).

balivernes — infernal bal salivaire.

banquet — en bande on y bouffe une esbroufante becquetance :
Pastis aux pistaches;
Avocat à la vodka (ou Soupe aux pousses, potage où patauger);
Saumon en monceau (ou Quenelles à la cannelle);

12

Steak tchèque (ou Rôt de rat au riz, mets maori);
Macaronis aux macarons;
Sorbet serbe;
Marcassin au marasquin (ou Beau veau);
Champignons au Champagne (ou Crêpes aux cèpes);
Forts fromages de fermage;
Pure purée de poires purpurines;
Raisins rincés;
Café fécal;
Liqueurs reliques.

                    10 ou 20 vins divins

baptême — bannit l'anathème.

barbare rébarbatif, aux gros bras de Barrabas.

Barbizon — Zanzibar à barre d'horizon barbue?

baroque — braqué, arqué, cabossé de beaux raccrocs cabrés.

beaucoup (le bon coup que l'on boit, par exemple).

Bible : *aboli bibelot d'inanité sonore.*

bouleversantes **billevesées.**

bison = zombi.

blouse – belle housse pour vos seins de louve...

bœuf veuf de son zob.

bonheur – une molle blondeur...

botanique, ta beauté panique.

boulevard – large voie pour poules et loubards.

bourrasque à brusque tour de roue, beau risque pour les barques!

bourse qui, bourrée, pousse à s'ébrouer.

braguette magique.

braise zébrée.

braquemart de marbre.

bravoure – vous vaut bras ouverts et vrais hourras!

bricolage – de bric et de broc, agile collage.

Brocéliande – dans l'ombre dense de ses lianes, loin des landes, le silence brode ses danses...

bulle – belle bille bleue?

buvard – hasardeuse, la buée de ses bavures bavarde.

C

cadavres rats de cave...

calumet — quels mecs l'allument?

calvaire vertical.

campagne, que le chant de Pan accompagne.

cantonade — quand tonne, en écho, la canonnade...

capharnaüm — chaos humain que quatre murs enfer-
ment, pharamineux falun.

caprice — écart sans prix.

cauchemar = cache-mort.

ceinture — accentue ta cintrure.

16

célérité ≠ sérénité.

centaure — sans mors son torse se tord.

céréales si réelles, si serrees, si égales!

cerveau — vos serres.

chambre — ma branche.

chameau qui n'a, que je sache, du chat que les mammes (plus le mot).

chant (de chair, comme une hanche).

charlatan — satan d'un talent rare pour charmer les chalands.

charme — chère arme...

charrue — harnachée, trace chèrement sa rue.

chaussures — assurent chaude et sèche la marche.

chemise (choisie pour achever ma mise).

cheval — il s'arrache en flèche et, échevelé, avale le val.

17

chèvre revêche.

chien = niche. (Mais, pour cheminer, cher m'est le mien!)

chirurgie – sûre magie qui réduit la chair insurgée.

chœur à cor et à cri.

choisir quelque chose à choyer ou désirer.

choses – challenge leur choc, si tu oses!

cigarette (la téter, et, tacite, s'y garer).

ciguë si aiguë!

cil (l'*e* dans l'*o* l'imite-t-il si j'écris « œil »?).

clarinette, ta nette alacrité.

cœur – ses coups font courir l'heure.

cohérence – en ce roc sans écho enserrez les errances!

cohue – colle au chaos et au chahut.

colère – elle secoue l'air.

Colisée — silo où se coalisent les siècles ankylosés.

comique = qui moque.

communisme (comme un isthme humain issimement miné).

concept — tresseur de pont ou sceptre de con?

concerto aux tons clairs et hauts.

conscience (qu'on sent mince et oscillante).

consonnes — sont-elles ou non des socs?

contrepèterie — prestement perpétrée, pitrerie verbale qui conduit le bal vers le citron du rire.

coq — concocte, avec sa concubine, l'œuf.

Cordélia que de la vie son cœur délia.

Coriolan qui, violent, cocorique et caracole.

corps n'est pas **roc.**

corrida — drame torride à douces cadences cruelles et à cris d'or.

cosmopolite – claustrophobe, osmotique, polyglotte et polymorphe.

costume – cosse de l'homme que tu es.

coterie – quelques, accolés et tricotés.

couple – si, double, il copule, quelle culpabilité?

cravate – cette entrave à ton col te fait grave ou bravache.

crépuscule – quel sépulcre!

Cressida – datrice de caresses acides.

cristal – il crisse quand tu le tailles.

critères (sacrément raides, étriqués, terre à terre!).

crocodile – idole ocreuse, à cilice et crocs de roc.

D

décalogue démocratique et décaféiné.

délyrisme.

démantibulcr, démandibuler.

démographie — à des modèles à la grosse, fatidique, elle se fie.

démon = mon dé.

démuni — dénudé plus qu'à demi, à midi comme à minuit.

Desdémone — ma douce démone désarmée.

désemparé — dés en épaves, et pas de rempart pour parer!

désir − « rides » inversé?

désœuvré − déserté, sevré, se dévorer.

destinée (si tôt dessinée!).

détérioré − intérieurement de teinte d'or déterré, d'ores et déjà éteint.

détresse : trop certaine déesse!

dialogue − diaboliquement, ce que l'autre dit à l'un s'y égare et s'y disloque.

dictionnaire (ou fictionnaire?) que des milliers d'x à réduire sillonnèrent.

didactique # **diktatique.**

Dieu hideux...

dilapider : se dépierrer.

dilettante − en distillant, il s'électrise et se dilate distant.

dingue (endigue donc son dig ding dong!).

discours – il dit, dit, se courbe, se recourbe, et court...

divers # dérive.

divin – vide et vain.

dogue rogue.

dominer, dôminer.

Don Juan – démon jurant, amant ruant ou ange dément jouant de ses dons et les démentant.

Don Quichotte, chicoté faute de dompter les ombres qui l'accrochent.

droite froide, **gauche** chaude.

dromadaire – nomade au dos érodé, modelé en dôme.

E

écharde — dard enté dans la chair.

échauffourée — chaude affaire de chats fous et de rats effarouchés.

écho, ô hoquet!

éclipse ‡ ellipse.

écologie — laisser agir les eaux, les givres et les échos.

Écosse — est-ce que les os d'Ossian sont au sec dans sa cosse?

écriture — rouerie, tu t'étires; tuerie, tu cries et tu rues...

église : écluse.

éléphant — elfe enflé.

élite — de quel tri licite est-elle tirée?

élixir, luxe exquis!

Elseneur — sélénique nursery pour seigneur seul et fol.

éluder — j'évide ou j'évite la lutte, par le jeu de la durée.

embobeliner, engobeliner.

encre # ancre.

encyclopédie — dit et, docte, perpétue l'entière science du siècle.

En (cyclo) pédocle —

énergumène — ses haines et ses nerfs le mènent à une guerre aiguë.

engagement — englué, encagé, je me mange et je me mens...

envie — emplit de bile et, torve, dévie.

épiphanie (à épier et vite épingler, sinon fanée).

Éros, héros.

Erik Satie — cric-crac : l'extase que tisse, sans sacre, sa cithare erratique.

espoir pour la soif.

establishment (installé richement il aimante habiles et moins habiles).

étang hanté.

ethnologie — je dis : non! à la terne geôle où je gîte.

étoile étiolée.

être ce trait tracé traîtreusement entre autres traits.

eucharistie — les œufs que la sacristie sert.

Europe — notre port, heureux ou pas.

expérience — le péril, c'est d'en être asphyxié.

F

faire : vrai phare.

Falstaff — fieffé bâfreur au phalle tassé, en te bafouant les fées s'esclaffent.

fantaisie, tes asiles enfantins!

fantasmes — leur masse te hante, toi sans défense...

fascisme — miasmes affreux de scie ou de hache.

félicité ╪ facilité

femme — affame, puis se fane.

festin faustien, orageuse orgie...

fête # faîte.

fille — pillée, sa faille fait défaillir.

flûte fluide et futée.

folklore (clore le rôle faux de ce leurre coloré).

Fontainebleau — tableau au trop bel et noble fond.

forêt touffue, aux hauts fûts et frais fourrés (dont il faut forcer les rets).

formuler — *pour refouler les lémures et forclore la folie qui me fait mal :* allumer fort la flamme; l'enfer dont le feu — féroce — me fore ou — amorphe — me frôle, l'enfermer dans les mots élus (à faire mûrir et orfévrer); lofer, mouler, profiler, muer.

fortune forte en thunes.

foudre (soudaine à rendre fou).

foule floue.

France — foutre rance.

fraternité — phare et terre anti-affres.

fugue fougueuse.

funèbre nuit nue, que fuient rêves et bruits...

fureur — feu rare.

futile (fait fi de l'utile!).

G

gazelle au gasoil.

géologie – là où gisent les os, au jugé elle lit.

girafe à la grâce affétée de fragile carafe.

gloire – gel glauque des rois.

glossolalie (la glotte y sonne un hallali).

gourmandise – quand le goût redemande des frian-
dises...

grimace – elle aigrit ma face ou égaie ma grise mine.

guerre – très grand, gros et grave grabuge ou algarade.

H

hagard, le hasard vous égare.

haine — une hyène...

Hamlet dont l'âme halète.

happening — sa non-ligne happe, ignorés, des nœuds...

hargne — araignée répugnante, tu pues, tu grognes et tu rechignes.

harmonie (mon aumône à l'art d'unir?).

hasard — vaste bazar!

hécatombe — à écarter par catacombes.

hétéroclite (quel étrange cliquetis de choses et autres cette épithète étiquette!).

hiérarchie — rare chierie.

hippopotame — épais, pataud, s'il t'a paumé il t'a mis mat.

Hiroshima — ô horreur machinale et maximale!

Homère? Ô mers d'alors...

homme — somme de mots et de maux.

honte — te hante, t'ôte de toi et, tout au fond, te tond à tâtons.

hormones, oh Hermiones!

humour muet et amer, que j'aime à humer sourdement.

hypocryptocrisie.

hypoprothèse.

I

idylle — d'elle à lui, de lui à elle, île idéale.

imaginaire — immergée, l'âme y nage...

imaginer, aménager?

immémorial comme ma mère et les momies royales.

impérialisme — que par myriades périssent ses pinces, qui pèsent et salissent!

individu — nid divin de l'unique.

inertie — elle scie les nerfs annihilés.

instant — mince temps, scintillant et senti comme insistant.

instinct – indiscutablement, instrument du destin, à hauteur d'intestins...

intelligence – agile tel un singe ou tel un ange?

Irlande – lande à lyre et à dires, dans le rire et dans l'ire.

itinéraire – y traîner, l'étirer!

J

jazz – jase en zigzag.

Je joue, je jouis, je geins!

jettatura : – Je te tuerai!

joie – oui, à son jeu ouaté j'ai joué...

Juliette – un pur déluge de liesse te liait à jamais!

Junon, jonc nu.

Jupiter – jubilant, tu piles et plies la terre!

K

knock-out ou **K.O.** (autrement dit : « chaos »).

kobolds – oh les drôles de cow-boys!

L

lac au calme éclat de laque.

langage (engage au jeu, par élan).

lavabo — large et beau vase ouvert, où va l'oblation de l'eau.

Lear en délire.

lecture (fictif, Hector, Électre, Arthur ou autre héros élu s'active furtivement).

légiférer — ériger, ferrer, geler, figer.

lexique — quel Mexique!

librebrairie.

linguistique – y tinte et s'y aiguise ton plus antique et intime tictac.

lion que nous lions dans les zoos et accueillons dans le zodiaque.

littérature – ton rite et ton rut, ton râle et ta lutte...

logomachie – mots gaulés, machinés, en hachis.

luminaire aux mille et une lanières.

luth à uts de tulle.

luxure – exalte les corps et fait que, nus, ils exultent.

M

macabres dames du macadam.

Macbeth micmaquisé et bestialement cabré.

maladie : la dîme.

malaria — le mal d'Ariane?

malheur lamineur (en *la* mineur).

mammifère — ma mère l'était, il faut m'y faire...

manteau antitempête, qui m'emmitoufle dans son étau.

manuscrit (maniaque, tu y as cru et t'y es incrusté).

marchandise — marche suivant ce que les chalands
disent.

marginal – allergique à la mare où l'on nage en majorité.

mariage – gage riant d'arrimage.

Mars – sa morsure arase.

maso – il psalmodie : Maudis-moi et massacre mon museau, mes naseaux et mon zozo!

mass me(r)dia.

mât = âme.

matador – dardée, ton arme taraude et met à mort.

maxime – axiome minime.

mélancolie – langueur émolliente où lies, loques et maux s'oublient.

Mélisande : miel et cendre.

mélodie – aime ode et lied, mais ne dit mot.

mélodrame – son arme est l'eau des larmes.

mémento – haute main en mince tome.

mémoire – mes moires...

mensonge – message de singe.

Mercure – court en circuit (sauf court-circuit) et crève les murs.

merde – le dire ou le crier, oh le médiocre remède!

merveilleux – vieux rêve de vielleux, éveil vermeil, le vrai lièvre à lever – et le meilleur – à mes yeux!

métamorphose – tâter de ta magie rose, ô mort fausse!

métaphore, Orphée est maître de tes fards.

métaphysique – méfie-toi de cette musique méphitiquement systématique!

métonymie – méthode pour que mes mots miment le mythe.

mièvre – plus « miel » que « fièvre ».

militant – limité, mais entre mille luttant.

Minerve à verte mine, que maints mythes innervent.

minotaure — mi-homme, il rumine à tort.

miroir — roi de la rime.

moderne — le dernier mot, le dernier cri...

modernisme morne, terne et ordement m'as-tu-vissime.

modernité mort-née (tôt dédorée, tôt mitée, tôt reniée).

mœurs — notre mesure.

monnaie — aimons-la, non pour elle-même, mais pour notre aise!

montagne — mon magnifique tas renfrogné, ta hargne empoigne!

Monteverdi — vrai et hardi, vieux mais vert démon de ton ouïe.

morale — la mort en serait-elle l'arôme?

mort — me met hors.

mots à modeler, mouler, meuler.

mouton que, tout bons, nous tondons et, gloutons, manduquons.

Mozart — « Mon nom est moins *beaux-arts* qu'*azur* » pourrait-il hasarder.

musée — résumé emmuré.

musique — qu'on la hume tous azimuts! *(sic)*.

N

naissance n'est sens.

Neptune — tu tonnes, punis et nous tues net, tempête de pleine lune!

neutre — feutré et nul.

nirvâna — vanités évanouies, il n'y a ni nuits ni rêves, ni avenir ni rives...

noctambulisme — « Buvant en bacs et en bols,
en bocks et en bulles,
je mène noce et bamboula
à Laon, Nice, Nancy, Tombouctou,
Istanbul et Tenochtitlán! »

Noël (à tréma, comme deux flammes de bougie).

norme morne.

nourriture (nouilles, riz, friture nous en sont des outils).

numéro haut rémunéré.

O

Obéron – héros blond des belles rondes de l'aube.

Occident accidentel.

Océanie à mers et à îles, à eaux et à nids.

Œdipe au pied hideux, adipeux.

œuvre = verrou?

ogre – ce gros se gorge, c'est sa drogue (ou son grog).

Olympe peint à l'eau.

opacité – épaisse peau de ce qui, trop tacite et trop roide, n'a pas droit de cité.

opéra – ses appeaux, ses oripeaux et son aura.

Ophélie et son lit fleuri de fée des eaux, affolée, affalée.

Oradour — orage qui dure encore et partout.

Oreste — tueur molesté, toréé par le remords, puis rituellement restauré.

orgueil — n'a d'œil que pour les grandes orgues.

Orphée — orfèvre aux feux oraux, héros offert (sans fer) aux fièvres de l'enfer.

ostracisme ou sot racisme?

Othello telle l'eau qui dort...

outre-tombe — trou de bombe où toute ombre tombe en trombe.

ouverture (à l'orée de l'œuvre, tu sourds et avertis notre ouïe).

P

paix (pas aisée à perpétuer).

Pamina — n'est-elle pas nid de palmes pour l'ami lumineux qui l'anima?

pantalon épatant, à la façon d'il n'y a pas longtemps : long, et épaté en bas.

panthère serpentante.

Pâques — Cloches de chocolat
et autres empaquetages
donnent alors le *la*.

paradis — pure idée (ou parodie).

paradoxe (l'excès radical qui le pare sans gêne sera notre oxygène).

paranoïa — par son apparat râpeux, parer à la noyade?

parapluie — à prendre parce que la harpe humide luit.

paresse — la part de qui ne se presse pas.

peinture — pures teintes ou empreintes? Nature à ta pointure?

pêle-mêle — comme dans une malle emplie à la pelle.

Pelléas — vase fêlé puis cassé sans appel, hélas!

penser — s'empeser, s'empêtrer?

penseur sans peur.

personne — ce que, piètre frisson! on aspire à être, en somme.

peu — pas plus qu'un poids plume.

peuple (peut-il ne plus être poulpe?).

philosophie : fausse si elle fait fi de la folie.

photographie — trop fidèle et précis, cet art fautivement agrafé aux faits dégrade et falsifie.

piano — noir panier de notes planifiées.

Picasso — ô pic si haut, qui tracassait les sots!

piédestal — stable appui à la fierté du podestat.

pirate prêt aux pires rapts.

pitance — en appétit, ta panse y pense...

plage à plat pelage.

plaine — elle n'a, paix pleine, ni plis ni plaies.

planètes — honnête ou hostile, la plus pâle et terne est-elle la plus futile ou la plus funeste?

pleurs — pelures de l'œil.

Pluton — planton (ou plutôt patron) des pâles palus de plomb.

politesse — c'est un pilote à payer plus de sept piles de pistoles!

politique à optique de pythonisse ou à pratiques de flic?

posthume — ce que, muet, tu mets à la poste des os.

pourriture – puant retour.

prairie (y paître!).

préhistoire – vers les pères de tes pères, risque-toi sur cette périssoire!

présent – cuisant ou luisant, perçant!

prison – elle vous prive d'horizon, prise horrible!

privilège – à vil prix l'ai-je?

Progrès – pas encore près d'honorer le trop gros qu'on lui prête!

Prométhée – en apportant le feu filouté c'était, fumant, notre thé qu'il promettait.

psychologie – piste l'homme et, close et figée, lui inflige une autopsie.

puritain – pantin dont la pute rit.

putain – appâte, peinturlurée, rupins et peu rupins.

pythie sans pitié...

Q

quadrhumanisme.

question – ton sillon ou ton séquestre?

quolibets – bête licol pour celui qui les craint. Quelquefois, l'écrabouillant, cela lui clôt le bec.

quotidien – commun et tiède, tel quel demain aussi bien qu'hier.

R

raison (hors de saison).

réalisme — miser ras et aller à l'âme (l'art même, *ici même*).

rébellion — libre réveil du lion.

remords — amer remugle moral.

repas — répit et repos pour les repus, périodique il reparaît.

réponse — si on s'y prend, on s'y perd.

reste (restreint à un stère?).

révolte — votre aile.

rhinocéros aux ires niaises et féroces.

ricin — le sain riz en est l'inverse.

rite — mimique stricte qui rythme, régit et ratifie.

rivière vierge à ravir, ravivant les rêveries d'hier

rixe (où l'x imite deux boucliers affrontés).

robe — baiser ses bords...

robuste — superbe, sobre et rustre.

roc rauque.

Roméo qu'un haut amour sans méandres mène à une mort amère.

rondo (à pianoter dos rond).

Rosalinde au sort opalin de rose indécise.

ruminer — me ramoner?

rural — allié aux rus et aux Halles plus qu'à la rue.

S

s'affaisser, s'effacer...

salle à manger (ou à songer et se ronger, si l'on n'a
    pas de commensal).

Salomé : le sang et ses émaux, ça l'amollit et ça l'émeut.
    Sale mélo!

salon — si, oblong, il s'allume on le sait halle.

Saturne — as de la sur-nature.

satyre — attire, trop hâtif, à sa trappe.

scherzo — exquis, preste et aéré, presque oiseau...

schizophrénie — ciseau effréné, qui isole et désunit.

science — sur l'essentiel, hélas! elle est silence.

sculpture — luxe, dure-t-elle pour assurer culte et survie?

secret sacré.

sémiotique — dépiaute au mot à mot et, aussi sec, met en miettes maint truc simiesque.

sens (sans anse pour le prendre).

Sganarelle — ses gages s'étaient gagnés à quelles marelles!

Shakespeare — qu'il parle, crie, rie ou soupire,
son chant permet à chacun de faire,
en esprit, échec au pire.

sirène — ne cesse de hennir... Est-ce inertie innée de néréide à nerfs de cire?

solidarité — solaire et torride idée.

sonate de six notes.

sphinx — X sans fin, la bête de Thèbes...

staff — faste fallacieux.

subrepticement — en reptile susurrant bref et bruissant bas.

subversif — qui, ruant et soufflant en bise sur les récifs, bouleverse.

sylvain (s'il vient, vain et faunesque, flâner en ville, qu'est-ce qu'il faut à ce lièvre-pied ou bec-de-chèvre ?).

sympathisant — pantin à pâle tisane, sentant le pissat et pas le thym.

symphonie — est-ce l'ouïe fine des nymphes ou celle, fausse, des faunes qui la honnit?

syntaxe — saint axe.

T

tambour — bourru, il bat les temps.

Tamino — quand tu chemines sans masque ni domino, ta flûte élue t'assiste contre ennemis et animaux.

tandem — tendres amants, que vos membres se tendent et se détendent en même temps!

Tatiana — ni naine ni titane...

tautologie — toton dont tout le lot est de girer, entortillage total.

téléphone (l'infini sonne... Et, zélé, tu l'empoignes).

tendresse qu'une cendre hante sans cesse.

terrifié, torréfié.

testament — est-ce que même là la tête se ment?

texte (il se cite et excite).

Thanatos, oh Satanas!

théologie — joli Léthé!

théorie, ô terrible et traître tuerie!

tohu-bohu — tout bout : tôles, tuiles, bahuts...

tolérance sans transe et sans tollé.

toro — l'*autre*, rétif, traître et tueur, si trop tôt rodé...

torture — son talent le plus tartaresque : la lenteur de tortue?

tourisme — en meute qui reste à mi-route, il pourrit tout ce qu'il touche.

tourment — me troue mentalement.

tranquillisants (s'y enliser, tel est le grand risque du traqué!).

travail trivial, à traverser vaille que vaille!

Tristan, que sa transe attise.

Troïlus – juvénile Troyen trahi et frustré.

trompette – de tous ses tons tendres ou tempétueux, elle pète.

tumulte – bruit brut de multitude.

turbulence – en toutes tubulures sa danse lance le trouble.

tutelle (est-elle tuée si, têtu, tu t'es tu?).

U

underground — dans les dessous, un tonnerre gronde...

univers — hernie ou verrue divine.

utopie — piteuse bévue ou haute vue pie?

V

vacances sans canevas...

vade-mecum – me demeure quand je vaque.

vallée lavée.

valve ≠ vulve.

vantardises – disertes et désertes, art vide et vain... Du vent!

vaudeville (vicelards, ses deux V se tapent sur le ventre, à la buvette sans eau-de-vie d'une vieille ville d'eaux).

velléitaire – il veut, mais cela vite se fêle et va à terre.

velours – on s'y roule veule et lourd.

Vénus vénitienne...

Verdi le véridique.

vérité véreuse et effritée...

vestige – vieux reste prestigieux.

veston d'intérieur, style « Vesta ».

veuvage # sevrage.

viatique – vient avec quand on quitte.

vieillesse – vie et liesse, en veilleuse!

vieillir – virer vers l'évier.

vierge fière de son givre.

violence – envol sans loi, son vent vicieux se lève...

violon – lions-nous à ses sons au va-et-vient violent
ou lent!

vi(tu)pérer.

vocabulaire – au caveau buccal (bocal lunaire) les bulles
du verbe rêvent.

vociférer – crier, féroce, votre ire aussi fort qu'un fauve irrité.

volupté, ô toi la pute veloutée!

voyage – la joie de voir de ses yeux, voilà – ailleurs – l'enjeu!

voyelles – oyez leurs violes ailées!

Vulcain : vulgaire crétin, plaquant d'airain
vulves, culs, encolures et reins.

W

Wagner? Le vague aux nerfs...

water-closet — éclusée, l'eau claire s'y étoile de vos épaves terreuses...

week-end — écrème ou dénie l'ennui inouï.

X

xénophobie – accès nocif de bile ou folie au beau fixe?

Xénophon – son os, son axe, son fond, sa base, n'est-ce pas l'*Anabase*?

xérès – sa riche caresse...

Y

Yseut — ses yeux d'Asie et d'adieu...

Z

Zanzibar aux champs et chants bizarres.

Zarastro − tsar astral.

zèle (ses élus ont des ailes).

zéphyr − fine brise qui effleure et frise.

zigzaguer, zegzogzuguer.

zob − le beau z'objet qui pointe dans le sommeil de
Booz.

zoologie − oies ou oiseaux, les hommes y logent.

MUSIQUE EN TEXTE
ET
MUSIQUE ANTITEXTE

Florence, 22 janvier 1983.

I'll burn my books! – Ah, Mephistophilis! Derniers mots que prononce le peu héroïque héros du *Faust* sans... *roll* ni bateau-crible ni attirail pataphysique de Christopher (Christ-au-feu?) Marlowe : effaré quand le diable – un Méphistophélès (méfie-toi-fiston-de-ce-félin-céleste!) moins escogriffe à ergots que celui du nougateux Gounod *l'épée au côté, la plume au chapeau, l'escarce-elle pleine* – vient prendre livraison de son âme comme le stipule le pacte qu'ils ont signé, le docte docteur, voulant se sauver à tout prix, propose – à tous cris – de sacrifier son trésor : les livres de philosophie et de magie où il a puisé le savoir qui l'a rendu notoire mais ne lui a guère donné que le violent vouloir d'en savoir plus et d'étendre au-delà de toutes bornes son pouvoir.

« Je brûlerai mes livres! » Dernière cartouche, dernier raccroc, dernier crachat : sera brûlé de ses mains ce qu'il a adoré. Abdication totale. Terreur si folle que, d'un coup d'un seul, il trahit ce sur quoi il avait fondé sa vie et, de ce même coup, renvoie celle-ci au néant puisque, pour esquiver l'enfer, le voilà prêt – sciant la branche sur laquelle il était assis – à détruire par combustion ce qui était sa raison d'être.

Brûler ce pour quoi l'on existe pour n'être pas brûlé soi-même ou réduit à zéro. Faire au feu sa part – une part du lion – afin d'éteindre l'action de justice. Pour lui, la prunelle de ses yeux; pour moi, le fruit de mes entrailles... Dans le sauve-qui-peut de l'instant où l'on va mourir (si toutefois l'on dispose encore de quelque lucidité en un pareil instant), je me sens capable – me muant toute honte bue en coupable qui crie merci – de ce reniement après quoi il n'y aurait qu'à tirer l'échelle : offrir de brûler mes livres (ceux que j'ai écrits, non ceux que j'ai lus ou feuilletés et plus ou moins jalousement conservés, ainsi que beaucoup d'autres qui, peu à peu accumulés après être arrivés chez moi par des voies diverses, me donnent aujourd'hui l'impression que je vais être englouti dans le flot débordant d'une culture sans balises suffisantes dont, fatras de plus en plus proche de l'inextricable, ils sont les signes matériels, la plupart lettre morte puisque non déchiffrés), hurler que ces écrits vaniteusement coiffés de ma signature et dont ceux auxquels je reste le plus attaché auront été tout compte fait des prothèses remplaçant autant que pareille chose se peut ce qui, statutairement dirai-je et bien avant que j'aie à combler la béance que la faculté de s'exalter charnellement dans

74

l'amour laisserait en moi en me quittant, a manqué à ma vie (jusqu'à présent chanceuse, mais mutilée dès longtemps par l'idée de sa brièveté), je les livre en rachat, eux qui m'arrachaient au courant (trop cursif) du quotidien (trop courant) et – se glissant de l'autre côté de la mort plus que jamais à portée de voix mais réduite au silence – me semblaient la nier, la narguer, la brûler comme le chauffard brûle un feu rouge. Pour le suppôt du Bouc, ses grimoires et ses bouquins; pour moi, mes gribouillis ou gribouillages, plutôt Gribouilleries ou Gribouillades, qui ne me libèrent pour un temps de l'idée oppressante de la mort que grâce, précisément, aux parenthèses qu'elles creusent dans ma vie momentanément suspendue (devenue autre chose que celle dont l'écoulement se lit sur le cadran des montres) et à mon passage sur un plan de *déjà-mort* ou *plus-tout-à-fait-vie*, façon en somme de prendre les devants : sur-le-champ me faire mourir un peu **pour** oublier que plus tard je mourrai trop. Pire qu'un Faust aux abois et se désarticulant quand il se voit déjà étendu pieds et poings liés sur un gril ou se débattant au cœur de quelque bûcher métaphysique, en viendrais-je, perdant la face par feu aux fesses, moi qu'aucun châtiment éternel ne menace, à dévaloriser en le désavouant le produit de mes grises mines et graves grimaces de Gribouille qui naguère croyait, grâce aux aveugles gribouillures qu'étaient et sont encore ses plongées imaginaires dans un état hors série qui ne serait ni vie ni mort, neutraliser celle-ci encore loin d'être montée à son étage mais, en déroute maintenant car il l'entend frapper à la porte, agit comme s'il tenait pour rien (juste digne d'un autodafé) ce qui, en cette minute où le voile se déchire, s'avère n'avoir été pour lui qu'un cautère sur une jambe de bois mais que depuis pratiquement toujours il regardait comme le pivot de ses pensées et de ses actes. Combien grande, pourtant, et ancienne est mon ambition de finir en beauté, sur un propos qui, dans sa tonalité sinon dans son contenu précis, serait (je dis la chose comme elle est) aussi suprêmement shakespearien que – souvenir qu'aviverait, le lendemain du jour où je pris ce nouveau départ, une subjuguante audition de l'œuvre entière au Teatro Communale de la ville au passé tumultueux où, entiché de longue date tant des zébrures de son Dôme et de son Baptistère que de quelques bâtiments sévères remontant aux Medici (qu'en français l'on fait rimer avec « jadis ») et imposants comme des Lloyd's ou autres édifices bancaires, j'ai commencé de rédiger ce mémoire sur la base de notes accumulées sans aucun plan – la phrase clé de la fugue finale du *Falstaff* du bouillant Boïto et d'un Verdi non verre vide mais assez viride en dépit de son hiver pour effectuer, avec cette bouffonnerie nostalgique dont l'illustre victime des joyeuses commères est l'éponyme, le *sprint* époustouflant qui couronnerait sa carrière de musicien théâtral : *Tutto nel mundo è burla,* « Tout au monde est de la

blague!» ou (plus légère et plus mélancolique peut-être, à cause de la dernière syllabe qui semble propager à l'infini ses ondes), «Tout est blague dans le monde!».
Équivalent espiègle du zéro métaphysique sur lequel débouche, dans une autre œuvre de Verdi vieux assisté de Boïto, *Otello*, le fameux *Credo* de Iago, en vérité profession de foi férocement nihiliste... «La vie est une histoire de fou»: négation non moins implacable énoncée en substance dans l'une des dernières scènes du sanglant et noir *Macbeth*, autre source shakespearienne d'inspiration pour Verdi, mais pour un Verdi alors jeune encore bien que déjà fêté.

S.O.S. *Save our sailors* ou *Save our souls*? Ni l'une ni l'autre de ces traductions ne saurait être donnée du signal de détresse composé de trois lettres Morse (3 points, 3 traits, 3 points) choisies en raison de leur simplicité, selon le «Petit Robert 1», de tous les dictionnaires celui que je consulte le plus souvent: sauverait-on les seuls membres de l'équipage en négligeant les passagers et, d'autre part, s'attacherait-on au seul salut des âmes, en laissant périr les corps miserere-reusement? Traductions entre lesquelles, avant de les renvoyer dos à dos, j'avais pourtant longuement hésité, considérant *sailors* comme plus vraisemblable dans le contexte de naufrage dont il s'agit, mais répugnant à rejeter *souls*, terme qui n'eût guère convenu qu'à une agonie relativement paisible, terme pourtant auquel m'attachait peut-être le vieux fond d'éducation catholique qui reste déposé en moi malgré mon athéisme. Question qui, en vérité, n'avait même pas à être soulevée car, des deux sauvetages supposés, l'un n'aurait pas pu aller sans l'autre : le capitaine perdrait son âme s'il ne mettait toute la sauce, tout le jus, toute la gomme pour sauver ses matelots et, en revanche, c'est en sauvant son âme, en la gardant aussi froide et lucide que possible qu'il aurait chance de réussir dans ses manœuvres et donc d'être utile à ses compagnons sinistrés comme lui. Hourra pour le capitaine! Mais, à l'heure du naufrage, mon S.O.S. à moi sera-t-il autre chose que lettres désassemblées, lâchées par un commandant qui, déjà, n'est plus maître à son bord?

Que mes dernières paroles – celles que je me prête ici comme malheureusement les plus proches de ce que serait le murmure ému ou le cri dicté par mon désarroi dédaléen au pied du mur de la mort et non celles qui résumeraient tout et que, redoutant de passer à côté ou de dire noir au lieu de blanc dans la funèbre conjoncture, j'aimerais prononcer d'avance comme pour m'assurer d'avoir le dernier mot sur mon destin et qui, pour répondre pleinement à mon désir, devraient être aussi percutantes que le mot de la fin concluant une pièce de théâtre –, que ces paroles d'homme en déroute soient une façon de faire amende honorable *(I'll burn my books!)* ou un appel au secours (S.O.S.), voilà qui sonne catastrophiquement faux par rapport à mon vœu. N'est-il pas fâcheux que ce soit d'instinct

78

ou en vertu d'une rhétorique presque native – le goût difficile à déraciner de l'effet oratoire – que ces formules, dont la première atteste un effondrement moral et dont la seconde se réfère à un désastre propre à déclencher la panique, me sont venues à l'esprit, dans la mesure d'ailleurs où j'ai trop peur de la mort pour être capable d'imaginer une mort sereine et où je crains de ne pas être à la hauteur en cette heure le plus souvent triviale mais que l'on veut solennelle lors de laquelle il conviendrait, sinon de chanter un bel *addio* d'opéra, du moins d'énoncer une vérité profonde qui serait comme la moralité de la fable merveilleuse qu'aurait été votre vie et non la marque d'une sorte de régression bestiale qui, l'angoisse la plus écœurante vous étreignant, vous ferait remonter en deçà de l'humain et, en tout cas, infliger un cinglant démenti au personnage tant soit peu stoïcien, voire héroïque, que vous auriez aimé être? Autre matière à ironie : faire le mariolle et démarrer en citant dans le texte, quand rien ne m'y oblige, le *Faust* de Marlowe – ce marlou? – puis m'attacher assez gratuitement à démêler, comme s'il s'était agi d'un sigle anglais, la teneur du signal international de détresse S.O.S., sans parler de mes références peu fondées elles aussi à des livrets d'œuvres lyriques principalement italiennes et de quelques turlupinades dont j'ai jugé opportun d'épicer mon écriture – caprices ou impertinences de monstre sacré –, cela ne tendrait-il pas à indiquer qu'au fond, bien que je vive loin des salons s'il en existe encore, je suis un snob, à l'instar des prototypes de cette variété très répandue d'humanité, les étudiants britanniques (prestigieux parrainage!) de jadis dont les noms – dit-on – étaient accompagnés, sur les listes des collèges, de la mention *s. nob.*, abréviatif du latin *sine nobilitate* et qui, singeant dans leurs us et coutumes leurs condisciples aristo, tentaient de faire oublier qu'ils étaient, eux, sans naissance. Un snob? Ce qui me porterait notamment à vouloir faire croire que la langue des pays d'outre-Manche, voire celle qui a cours de l'autre côté des Alpes, m'est familière, alors que c'est peut-être à cause d'un snobisme inverse que je suis devenu le contraire d'un polyglotte : quelqu'un de si vexé de commettre des fautes de vocabulaire, de syntaxe ou simplement d'accent dans un parler différent du sien que, la chique coupée à peine a-t-il ouvert la bouche, il manque du minimum d'abandon qui lui serait nécessaire pour ne fût-ce que le baragouiner; quelqu'un aussi dont on peut penser qu'il s'est tellement complu à manipuler, triturer, voire déchiqueter les mots de sa langue maternelle que, finissant par presque se perdre dans celle-ci, il perdait toute possibilité de s'orienter dans les autres, à moins que bien au contraire se sentir perdu en toute langue étrangère l'eût incité à scruter la sienne quasiment jusqu'à destruction pour en maîtriser mieux les possibilités. Snobisme? Je ne pense pas, réflexion faite, qu'on puisse interpréter ainsi, d'une part, un respect pour les autres langues qui m'empêche de leur faire insulte en les écorchant (sinon quand je les connais si peu que je n'éprouve même pas ce sentiment de les caricaturer vilainement si je prétends en user pour satisfaire, d'ailleurs, à des nécessités tout à fait élémentaires), d'autre part, mon désir d'un peu de dépaysement linguistique (tirer d'entrée de jeu le langage hors de son ornière) pour frapper ici les trois coups annonçant le lever du rideau sur quelque chose dont on ne sait rien encore sauf que cela échappera à la quotidienneté...

Nulle raison, cependant, de poursuivre l'espèce de comédie du dernier moment et des dernières confidences que sans rougir je me donne dans ces pages, où il me semble imiter – avec moins de brio et, dirai-je même, un humour trop voulu et trop grossièrement dénué d'ambiguïté – le *one man show* pleins gaz de l'acteur grassement gavé de vitalitaire et romaine masculinité Vittorio Gassmann au festival d'Avignon de 1980 je crois : à la fin d'un long numéro qui l'a montré Hamlet, Roméo, singe académicien de Kafka et quelques fantoches de moindre envergure, le tout en une suite très libre style *commedia dell'arte*, il feint, apothéose d'acteur du plus haut rang, de mourir positivement en scène et opère impérialement sa sortie de *star* (si l'usage décrié du franglais m'est permis cette fois encore) ou de tsar (d'« empereur des Russes » dirait un fanatique du français cent pour cent) en se faisant traîner en coulisse comme un paquet, inerte et le dos raclant le sol. Moi aussi, ne fais-je pas alterner élans romantiques et clowneries, ne laissant pas non plus de parler comme si j'étais à l'agonie et ne m'interdisant pas, quand ma plume court sur la blancheur de ces feuilles, quelques effets de linceul drap-de-lit à défaut de demander à un partenaire de me tirer par les pieds quand serait venu le moment de saluer, moment détestable pour le vivant mais agréable pour le comédien.

Finir en beauté, c'est évidemment ce qu'il faudrait. J'en étais bien éloigné quand, autrefois, il m'arrivait la nuit de m'éveiller en criant, au terme d'un rêve et en proie à la sorte d'horreur sacrée que m'eût causée la découverte – à vous couper le souffle – d'une vérité définitive, découverte qui en vérité n'était peut-être que celle, définitive, de la mort en tant qu'unique vérité, une vérité qui sans besoin d'aucun rajout se condenserait en ces deux mots : « Je meurs », constat plus net et relativement plus détaché qu'un meuglant ou marmonnant « Je me meurs... », forme réflexive qui exprimerait que, comme toujours, c'est à moi-même qu'essentiellement je me réfère, fort en peine que je suis d'atteindre à une objectivité impliquant par définition que je reconnais ne pas exister tout seul.

Cris du cœur ou, pour mieux dire, du ventre (fomentés au plus bas et jaillissant du fin fond de la gorge), aveux à ne pas faire, vérités à garder pour soi mais arrachées comme à quelqu'un qui parle sous la torture, les propos les plus spontanés, les plus authentiques que je pourrais tenir ne seraient-ils pas justement ceux quant auxquels tenir ma langue s'imposerait avec le plus de rigueur? Exactement : ceux qu'il sied, selon ma règle, non de taire et moins encore d'édulcorer ou de falsifier, mais de façonner, de revêtir d'une forme telle que je pourrais sans honte les admettre pour miens. N'est-ce pas d'ailleurs ce que, sans oser fouiller jusque-là où emplie de pus la plaie pue le plus, je prétends faire quand, écrivant comme j'en suis coutumier pour voir plus loin en moi et, apogée, rogner les griffes de ma gêne en l'élevant au niveau mythique d'une géhenne – nombrilisme qui, en ce temps Satan où il n'est vraiment plus temps de se mettre au-dessus ou en dehors pour se regarder vivre, est peut-être ma faute majeure, lisible dans la majorité de mes livres à moi intellectuel sans bec ni ongles qui, presque né rue Michel-Ange et prénommé « Michel », n'ai pourtant rien d'un saint Michel-Archange pourfendeur de démons –, j'essaie de trouver le ton juste, celui qui transforme la confession en autre chose qu'un déballage obscène et, comme le son d'une voix aux inflexions prenantes, fait passer un courant (faute de quoi mon soliloque, demeuré tel, n'aurait pas plus de consistance qu'un rêve nécessairement fermé sur soi et resterait *lettre morte* dans toute l'acception du terme), transmission qui, plutôt sur le plan de la confidence que sur celui plus revêche de la confession, devra s'opérer pour rebutant, voire de nature à me salir, que soit ce que je veux faire entendre? Aussi, me semble-t-il que nombre de mes phrases, quelle qu'en soit la tournure, ont pour fondement à peine secret ce qui ne saurait décemment être dit en noir sur blanc, mais ne mérite pourtant pas le qualificatif un peu à trémolo d'« indicible », indice ou indiscret indicateur non d'incongruité mais de merveilleuse impossibilité parce qu'il suggère, plutôt qu'une borne posée par le goût ou par une carence d'expression, un au-delà de tous les possibles (tel un zéro dont le cercle au contenu inexistant donnerait contradictoirement à entendre que l'infini y est enclos).

Péché par excès : un mot tel que cet adjectif-là, à prononcer yeux mi-clos et qui, trop creux, trop vide, n'est qu'une baudruche dont on a plein la bouche. Péché par défaut : le cri non dégrossi, tout grumeleux encore de sa boue originelle et qui, rugueux, râpeux, perce un trou par lequel un imbuvable trop-plein se vide. Trouver la voie intermédiaire – intermerdière? – grâce à laquelle, récusant l'écriture grise digne elle aussi du dépotoir, je dirais ce qui doit être dit et le dirais de façon telle que la mélodie malicieusement mystérieuse et mélancolieusement moutonneuse que penché sur moi je me jouerais s'en irait vibrer pareillement chez d'autres, voilà mon problème d'homme

84

de plume assez présomptueux pour voir dans le mince et approximatif cylindre qui, discrètement phallique, est son grand instrument de travail une baguette magique plutôt qu'un vulgaire outil.

Brûler mes livres : me punir par où j'aurai péché et détruire le corps du délit. Péché dont il n'y a pas à chercher à déterminer si excès ou défaut le caractérise, car il est péché pour ainsi dire originel : m'être depuis ma jeunesse acharné à rédiger des livres au lieu de m'attacher franchement à ce qu'il m'était donné de vivre. Pour une bonne part, lâcheté (m'enfermer dans un monde où aventures et catastrophes ne rident même pas la surface du papier) mais, pour une part aussi, paresse m'amenant notamment à reculer devant le travail ingrat et compliqué d'information par lequel j'aurais dû passer, et devrais continuer à passer, pour prendre parti un peu plus que de façon sommaire et sentimentale dans les conflits politiques de notre époque aujourd'hui plus dure et plus problématique que jamais, – prise de parti qui, il est vrai, serait restée à peu près platonique, vu le faible tonus de ma veine militante que nourrit un altruisme poussif et non une passion qui n'aurait besoin d'être affermie par aucune justification... D'où mon remords et mon recours fréquent à cette cote mal taillée : écrire, certes, et viser à la poésie – drogue qui me grise et dogue qui me garde – mais parsemer la plupart de mes écrits de petites touches d'« engagement » ou, à tout le moins, d'allusions au contexte historique comme pour montrer que, bien qu'englué dans mes difficultés privées (littéraires ou autres), je ne me désintéresse pas de ce qui constitue la trame de notre siècle – façon de montrer patte blanche et de réduire provisoirement au silence ma mauvaise conscience d'*assis* capable d'un certain nombre de choses – et, sans nul doute, de critiquer voire de vitupérer, à tout le moins d'associer mon nom (« l'hérisson », blaguaient jadis mes camarades à culotte courte) à des suppliques ou protestations de démocrates trop naturellement indignés – mais incapable de mettre la main à la pâte pour aider à ce que cela change (se fasse plus fraternel) ou du moins contribuer à ce qu'en soit courue la chance.

Corps du délit et nœud de la question : ces livres, dont j'ai parlé – d'une manière d'ailleurs tout hypothétique – comme si un jour, dans l'angoisse du trépas imminent, je pourrais piteusement déclarer que je vais les brûler. Non par désaffection, mais afin de réparer la faute commise en les écrivant (avoir presque oublié d'exister pour me vouer à ce truc grâce à quoi s'effaçait l'obsession de la mort) ou plutôt d'expier pis encore : la peur d'exister, vice radical qui les jeux déjà faits m'aura sourdement incliné au choix d'écrire... Payer ma dette, donc, et peut-être me venger de ces artifices qui m'ont leurré, imaginaires panacées qui, du moins à ce titre, m'ont semblé avoir de l'importance mais dans lesquelles je ne puis plus guère voir que diversions

86

cherchées sans me rendre compte que bientôt je serais enfermé dans un cercle, puisque au lieu d'être une ouverture la littérature s'est pour moi refermée sur elle-même, les problèmes qu'elle me pose en tant que telle et l'irrépressible désir de les résoudre ayant fini par éclipser les problèmes moins particuliers que je traite par son truchement ou pourrais avoir à traiter. Éclipse qui, je m'en fais de plus en plus grief, affecte en moi le domaine de la moralité purement humaine : n'ai-je pas tendance à croire que j'ai rempli mon devoir assez amplement pour être dispensé de toute autre servitude, si je me suis comporté – sans jamais élargir vraiment mon champ d'action – en écrivain à peu près honnête, doué d'une conscience professionnelle tatillonne, répugnant à ce qui officialise comme à ce qui commercialise, et enclin à regarder le succès comme dangereux (la satisfaction de soi qu'il procure émoussant l'esprit critique et portant à se relâcher, avide que l'on est de goûter encore une fois la saveur des éloges et disposé plutôt à s'accrocher à la formule qui vous a réussi qu'à prendre le risque d'un renouvellement)?

M'attacher, somme toute, à faire de moi une noble statue sans tache et m'inquiéter peu du terrain, possiblement fangeux, sur lequel elle se dresse, telle est depuis longtemps l'orientation de ma conduite. Or, du matin au soir ou presque, moi qui, sans être héroïquement moral, suis certainement plus moraliste qu'il n'est nécessaire, je me reproche de ne pas être mêlé à la mêlée et, sinon de me tourner les pouces, du moins de n'être guère occupé que par une profession qu'un plaisantin pourrait sans trop de malveillance assimiler à celle d'un gratte-papier orgueilleusement monté en graine. A n'en pas douter, cette conviction d'être coupable en m'adonnant à ce qu'aujourd'hui j'aime le mieux et qui sans être ma raison de vivre (si tant est que « vivre » et « raison » soient deux mots conciliables) est la chose dont, comme à d'autres il faut leur médicament ou à certains leur poison, je ne puis me passer si je veux vivre au lieu de végéter, ce remords vague mais jamais tout à fait absent est l'une des sources du malaise que je tâche précisément de guérir, de sorte que la pratique de mon *hobby*, loin de me libérer, m'obère et fait pour moi cercle vicieux. Toutefois, l'actuelle situation, si détestable qu'on ne sait raisonnablement plus comment agir, n'est-elle pas de nature à me délivrer du remords de ne pas agir? Jeux effrontés de masques sur fond de sang, de boue et de misère avec, côté mœurs, d'affreuses résurgences (racistes en particulier) que ni argumentation par A + B ni appel aux bons sentiments ne parviennent à réduire, de sorte qu'il est aujourd'hui difficile de croire au rôle utile que pourrait jouer notre parole, le tragique embrouillamini dans lequel nous vivons n'est évidemment pas fait pour apaiser mon trouble. Mais je conclus de cet état de choses tel qu'on se demande à quel saint dorénavant se vouer et si, facilement, en matière politique ce n'est pas le chemin du Vice qu'on prend quand on croit avoir choisi celui de la Vertu, que j'aurais tort de continuer à me frapper la poitrine comme un dévot qui craint de mériter l'enfer. Si l'horizon est bouché, pourquoi se refuser comme un luxe inhumain le plein exercice de ce qui peut toucher quelques-uns même s'il est entendu que cela ne changera rien au sort de la masse des autres et n'a que peu de chances de modifier le cours de votre propre vie? Parti que je prends sans honte, oui, mais non de gaieté de cœur; plutôt désorienté, démoralisé, désenchanté et désespérément moins dégagé que débranché, déglingué, désintégré... Genre inédit de sacrifices humains que sont nos week-ends routièrement meurtriers, coups de feu et dynamitages pour un oui ou pour un non, bombardements itou, préparatifs pour l'hécatombe apocalyptique, combien sont désarmantes, déprimantes, déséquilibrantes ces façons qu'en détail ou en gros l'homme a d'en rajouter à sa condition malheureuse!

Déçu, désarçonné mais dévoré par le désir de dire, comme si dire les choses était les diriger, disons du moins : les dominer. Dur ou doux, ce qui se doit avant tout, c'est dire *différent* : décalé, décanté, distant. D'où – que l'on n'en doute pas – mon langage d'ici, où les jeux phoniques ont pour rôle essentiel – eau, sel, sang, ciel – non d'ajouter à la teneur du texte une forme inédite de tralala allègre ou tradéridéra déridant, mais d'introduire – doping pour moi et cloche d'éveil pour l'autre – une dissonance détournant le discours de son cours qui, trop liquide et trop droit dessiné, ne serait qu'un délayeur ou défibreur d'idées. Curieusement donc, chercher du côté du non-sens ce dont j'ai besoin pour rendre plus sensible le sens, pratique point tellement éloignée – à bien y réfléchir – de ce procédé classique la rime, qui joue sa musique mais le plus souvent ne rime à rien sémantiquement parlant.

Pas plus que je n'ai écrit de livrets d'opéra – faute d'occasion et faute de la facilité voulue (celle qui permit à Robert Desnos, surréaliste à toute heure, de se faire par exemple l'auteur sur commande de maints slogans publicitaires et des paroles d'une *Cantate pour l'inauguration du Musée de l'Homme*) – je ne me suis exprimé dans la forme quasi musicale qu'est le vers régulier. Longtemps, en des poèmes que l'œil aurait suffi à reconnaître pour tels, j'ai procédé comme si le ton poétique impliquait passage à la ligne quand seul le rythme y engage, puis – devenu surtout ce que j'appellerai, pour marquer le cas que je persiste à faire de la poésie, un « essayiste par l'image » (tirant de l'expérience directement vécue la plupart des pièces de son album moins riche en souvenirs de famille qu'en documents sur lui-même) – je n'ai plus que pour de rares morceaux usé de cet artifice dont on peut se demander si sa valeur n'est pas essentiellement typographique (point tant affaire de sens ou de mélodie que de structure matérielle du texte, jeu de noir et de blanc qui capte le regard et, dans les cas extrêmes où, disparus vers ou verset, il ne reste que peu de la ligne disloquée, semble montrer des mots surgis hasardeusement du vide). Assez généralement mon écriture, dont je ne devrais peut-être pas parler sur le mode bourgeoisement possessif *ma femme mon chien ma maison*, se sera donc mieux prêtée – sertisseuse de faits comme elle l'aura été par-dessus tout – à la lecture silencieuse qu'à la récitation à voix haute, bien que sans prétendre à une oreille musicienne je n'aie jamais manqué d'un certain goût pour la musique (très jeune, le jazz, dont j'étais ce qu'on nommerait maintenant un *fan* mais que plus tard j'ai quelque peu délaissé au profit de productions réputées plus nobles).

Isolés ou par groupes restreints, les mots suspendus dans le blanc de la page : quoique sensible à cette façon de faire qu'inaugura Mallarmé quand, vers la fin du siècle dernier, il lança un défi au discours avec *Un coup de dés jamais n'abolira le hasard* (dont le titre, mis à plat et limité à sa teneur exacte, se révèle truisme qui, morcelé, jalonne de ses fragments pris pour base le poème aux résonances métaphysiques qu'on voit littéralement s'échafauder au long des feuillets où se résume un simulacre de drame illustrant l'universelle inanité), je n'ai jamais ainsi traité les mots auxquels je recourais pour dire, par la voie de l'écriture, ce que je croyais devoir dire. Cela ne va pas jusqu'au remords (la chose ne concernant que moi), mais j'ai honte de m'être montré si timoré... Ou bien snobisme encore une fois? Pour me présenter au lecteur (ce partenaire virtuel auquel, croirait-on le faire pour soi seul, on songe obscurément quand on écrit, car pourquoi écrirait-on, s'attacherait-on à donner forme lisible, presque palpable, à la pensée s'il était entendu que ce n'est que pour soi et que nul ne connaîtra ce qu'on a pris la peine de coucher sur le papier) j'aurai, docile aux leçons reçues en classe de français, habillé mon esprit d'un costume démodé et me serai tenu en deçà de ce qu'exige — sur le plan de la haute technicité — le langage poétique de notre époque, tel du moins que je le rêve selon la tradition que je me suis forgée : un langage qui n'est ni cri ni discours disert mais se veut librement créateur et purgé de toutes béquilles, chevilles ou autres broutilles dont, sous peine de se diluer au lieu de s'affirmer (comme dans le vertigineusement blanc poème de celui que pouvait inspirer tantôt un thème philosophique, tantôt une futilité telle que l'adresse à inscrire sur une enveloppe postale) rares grappes de mots mûries sur fond d'abîme, n'a pas à s'encombrer l'authentique éloquence, aussi concise et sobrement articulée qu'une manchette de journal ou qu'un slogan publicitaire, comme s'il s'agissait de puiser dans l'arsenal des *media* qui indiscrètement nous conditionnent de quoi exercer, idéalement, un pouvoir égal au leur et opposer, sinon massivement du moins à l'échelle personnelle, une langue de même tranchant mais autre à leurs incursions. Bavards assourdissants et abasourdissants! Bavocheurs barbares! Est-ce baliverne, bouffonnerie balourde, voire blasphème (injure à des dévoileurs de réalités alors qu'en principe on ne saurait leur reprocher de parler pour trop dire, i.e. trop exposer ou établir, plutôt que pour ne rien dire), est-ce se ranger vaniteusement aux côtés de celui qui voulait *donner un sens plus pur aux mots de la tribu* que de traiter ainsi ceux qui, ayant pour métier de nous tenir au courant et de nous faire en maints cas la leçon, nous serinent journellement informations et commentaires : mes frères ennemis certainement non – quel royaume aurions-nous à nous disputer? – mais ces Ostrogoths (je le dis tout de go) et moi gens qui, bien que mangeant tout compte fait au même râtelier (la société bourgeoise moderne), ne parlent pas la même langue? Peu importe, en effet, que de part et d'autre les mots soient tirés du même fonds et assemblés selon les mêmes règles de grammaire; peu importe par ailleurs mon envie style publiciste d'aboutir à des formules éclair (tels des titres en gros caractères) : informer, renseigner et, s'il se trouve, enseigner, je ne pense pas me poser en détenteur de quelque mandat quasi céleste si j'assure que cela n'a pas grand-chose à voir avec faire sentir, communiquer, donner en partage – distance entre les buts qui tout naturellement implique distance entre les tons, à tel point que le même mot ne sonne pas pareil et pourrait presque ne pas se reconnaître s'il

93

passe du registre énonciation ou argumentation pure à un registre plus sensible et plus personnel.

Me conduire par la main – par celle-là même qui serre entre ses doigts la plume – au cœur de cet intérieur où pour moi tout est enclos, y compris ce monde que captent mes regards et dont comme tout corps humain mon corps (à la fois *je*, sujet qui voit, et *il* ou *tu*, objet vu) est une parcelle étrangement en porte à faux, cet intérieur étroit en même temps qu'illimité que notre pensée, qu'en apparence pourtant rien n'encercle, habite aussi bien que nos sensations et où la mort qui nous grignote suit de jour en jour son petit bonhomme de chemin (je le sais, moi qui suis vieux), c'est à cela par-dessus tout que tend, à travers obstacles à franchir ou contourner et mes blocages d'obsédé sur de méchants morceaux de phrase à mettre approximativement au point avant de passer outre, l'écriture telle que je la conçois, du moins à ses altitude et vitesse de croisière : pas plus linéaire et sèche que secouée par des soubresauts mais chargée d'harmoniques et comme animée d'un indéfinissable *vibrato*...

/ À quoi bon, toutefois, clore ma présente phrase avec ce *vibrato* donné comme une clé dernière si c'est pour buter, à son propos, sur le terme pratiquement vide parce que purement négatif qu'est « indéfinissable » (*alias* déphasé, déclassé, ainsi qu'un dé dans l'infini des sables), terme aussi flou que ces deux autres qu'on croirait

94

ouverts sur des profondeurs quand, indices d'incontestable infirmité, ils ne sont qu'aveux d'une incapacité catégorique de formuler : « indicible » et « ineffable » dont pour l'un comme pour l'autre le sens littéral ne se gonfle d'aucune emphase et qui ne devraient pas plus prêter à délectation rêveuse que l'adjectif de même teneur strictement négative signalant, dans une notule déclencheuse de nul frisson mais seulement d'une curiosité agacée par la petite énigme, le jeu de mots ou segment de phrase « intraduisible » (non transposable dans notre idiome et rien de plus) qui entache d'obscurité tel passage de Shakespeare ou autre dramaturge élisabéthain, par exemple. /

Hasard non dominé (non aboli), c'est à ce prix rebelle à toute évaluation que mon écriture a parfois atteint le ton ni tontaine tonton ni platement Photomaton que je voudrais qu'elle ait toujours : pénétrant comme certaines musiques, mais musical seulement par métaphore puisqu'il échappe par nature aux notations précises de rythme et de mélodie et se fait entendre sur le plan de l'intellect plutôt que sur celui de l'ouïe. Ne serait-ce pas tenter sottement de saisir l'insaisissable que vouloir, dans l'espoir de s'en rendre maître, analyser pareils hasards et quelle naïveté que de s'ingénier à dire ce qu'est au juste ce ton comme si, rarement atteint mais codifiable, il prêtait à une mise en recette permettant, simple affaire de travail, d'y accéder presque à volonté! Propos doublement absurde, à sa difficulté guère surmontable s'adjoignant son inanité : fini le vertige grisant si, le système tenu et tout risque écarté, l'on n'écrit qu'à bon escient, comme on ferait d'un communiqué à la presse ou d'un rapport pour conseil d'administration. Faute de lancer de dés et d'anxiété quant à ce qu'ils marqueront, l'écriture est plus proche du pensum que de la quête d'une joie.

Chercheur de petite bête? Mauvais coucheur? Irrité par le sentiment d'être engagé sur une piste que défoncent des fondrières qui l'arrêtent constamment dans sa marche, je m'en suis pris – ou, désireux d'avancer coûte que coûte au lieu de marquer le pas, ai fait semblant de m'en prendre – à des mots non point mal constitués mais mal utilisés, les accusant de n'être pas fidèles au sens que leur donne le dictionnaire et d'être, en somme, des mots menteurs. Ne pas dire faux mais dire autre, n'est-ce pas la tromperie la plus perfide? Histoire de faire quelque chose et de ne pas me ronger les sangs en restant sur place (car je tiens à me prouver que, pas encore aphasique ni réduit au manger-boire-dormir, je garde côté cerveau un honorable pourcentage de vie, d'où quand la voie est barrée le besoin de m'adonner, cygne et singe, à cette sorte de glossolalie, parler pour parler), j'ai – baladin qui amuse le tapis – critiqué injustement ces mots qui, en vérité, ne sont pas pires que beaucoup d'autres dont l'acception commune diffère notablement de leur sens littéral, dévié vers un plus (ainsi « indicible » qu'on articule si volontiers avec un imperceptible frémissement d'extase) ou vers un moins (ainsi « étonner » où le tonnerre et son choc sont oubliés) voire même qui, phonétiquement, disent le contraire de ce qu'ils disent (tel le poids lourd « compendieusement », spécimen fameux de vocable si peu ressemblant qu'il va jusqu'à se nier puisque à en croire notamment Littré – qui juge ridicule l'inversion sémantique pourtant bien naturelle qu'une faute courante lui fait subir – il signifie *en abrégeant*).

Souvent au cours de cette course dont la première foulée, datée de Florence, est une citation de texte anglais (double dépaysement dont j'avais sans doute besoin pour démarrer), tracassé tantôt par l'envie de donner à la phrase une espèce de vie syncopée, tantôt par la crainte de m'abîmer dans un silence qui ne serait que néant, j'ai recouru sans vergogne à des procédés quelque peu arbitraires relevant les uns du calembour, les autres de l'allitération, procédés d'ailleurs à leur juste place dans un essai où je voudrais m'expliquer tant bien que mal, pour moi-même et pour d'autres, sur le goût qu'à l'exemple de mon intrépide ami Desnos – qui appréciait de se trouver placé dans les mêmes eaux que le pur et dur Robespierre par l'à-peu-près auquel prêtait sa paire de prénoms Robert-Pierre et qui fit reposer plusieurs de ses écrits sur de merveilleux brouillages des cartes de notre langue – j'ai pratiquement toujours manifesté, au moins de loin en loin, pour les jeux de mots revêtus d'une couleur poétique qui habituellement leur manque, orientés qu'ils sont dans la majorité des cas vers un comique d'où ce qui porte à rêver est absent.

Demander aux mots de bien vouloir penser pour moi, trop cancre ou trop gourd pour cogiter par moi-même, je me plais à imaginer que c'est cela qu'en marge d'autres écrivailleries tant littéraires que relevant de la profession d'ethnographe qui fut bientôt la mienne j'aurai constamment fait depuis l'époque de jeunesse où, bâtissant d'abord des poèmes à partir de mots que je jetais sur le papier en espèces de constellations qu'après coup j'ordonnais en phrases – comédie, mimique, SIMULACRE de pensée dont le vertige que sa formulation engendre montrerait qu'elle ouvre sur des abîmes –, mots si peu liés par un ciment logique qu'on peut dans leurs intervalles (lorsqu'on saute intellectuellement de l'un à l'autre qui, imprévisible, le suit) lire toutes sortes de choses comme, ailleurs, on lit entre les lignes et, par un biais, atteindre ce qu'en ce temps, non sans eau à la bouche, j'eusse volontiers appelé l'« indicible » (non-dit que nous prenons aisément pour l'ultime secret alors qu'il n'est qu'un chèque en blanc remis à notre imagination en fait impuissante à le remplir), j'en vins à établir par petits bouts une manière de glossaire où c'était maintenant chaque mot retenu et interprété qui devenait le fondement d'une minuscule construction cristalline, à laquelle le rang alphabétique de ce mot-appel assignerait seul sa place dans un ensemble toujours prêt à s'augmenter de nouveaux éléments. Généralement de syntaxe des plus frustes et trop hagard pour se composer en un discours si bref fût-il, chacun de ces textes (à peine dignes de ce nom tant ils étaient concis) apparaissait, non comme le fruit de mon caprice mais comme déterminé par le contenu phonétique et la structure formelle du mot ainsi analysé, mot en quelque sorte *déplié*, façon fleur japonaise, comme pour l'expliciter et mettre en évidence ce qu'il suggère non seulement tel qu'on l'entend mais tel que les yeux le voient et comme s'il fallait, soit en le développant, soit en le bouleversant voire en le mêlant ou le mariant par analogie fortuite à un autre ressortissant du vocabulaire, sortir ce mot de ce qu'il était à l'origine, l'opération se réduisant parfois à un jeu d'anagramme, transformation moléculaire amenant les lettres écrites disposées à l'arrivée autrement qu'elles ne l'étaient au départ à former un mot très éloigné de son premier avatar par le sens et la sonorité.

Ne pas me contenter d'user des mots comme de pierres dont l'assemblage prendra sens selon des voies sensibles (côté cinq sens, si je puis dire, plus que côté intelligence), hausse de diapason à quoi s'attache d'ordinaire celui qui se pique d'être poète ou simplement écrivain, mais me porter à l'écoute de ces éléments eux-mêmes, leur donner loisir de me parler, en négligeant toutefois ceux qui n'ont que le rôle ingrat d'articuler logiquement ce que nous énonçons, et tâcher en quelque manière de changer ces matériaux lourds de signification mais presque inertes en sources vivantes de pensée. Faire que chaque mot soit pourvu expressément d'antennes et devienne un « carrefour », conformément à l'image employée par Alfred Jarry dans le texte liminaire des *Minutes de sable mémorial*, c'est à une application indiscriminée de cette procédure, base idéale de tout poème, que – si j'en avais eu le temps et la patience – j'aurais pu (je le croirais presque) maniaquement me consacrer en établissant, plutôt qu'un glossaire personnel et forcément limité, un dictionnaire où tous les mots de la langue française sauf ceux qui ne sont que rouages incolores du discours auraient été traités de la sorte.

Déceler, sans recours trop facile et de ce fait inopérant à leur éventuelle parenté par l'étymologie, des rapports organiques entre les mots. Établir, en parcourant (s'il se pouvait) d'un bout à l'autre le vocabulaire, un réseau de relations telles que le plus naturellement du monde – comme dans une mélodie une note paraît appeler une autre note ou quelques autres – un mot en appellerait un autre, l'arbitraire des signes cédant place en apparence à un système cohérent ainsi fait que chacune de ses parties tiendrait à une autre, en un édifice dûment architecturé et non construit de bric et de broc comme toute langue l'est manifestement. Ambition certes démesurée, qu'en vérité je n'ai jamais eue (tout au plus désir flou de ressembler à un virtuose du piano explorant son clavier entier en une rhapsodie) mais dont je dois admettre qu'elle n'était pas étrangère à mon effort, pourvu par elle d'un point de mire qui – l'aiguillant vers une région des plus lointaines et des plus hautes, prodigieux Orient – lui donnait à mes yeux une valeur singulière.

Words, words, words, « Des mots, des mots, des mots », dit Hamlet qualifiant ce que lui apporte le livre qu'il est en train de lire : non des choses mais rien que des mots, qui à la queue leu leu s'ordonnent en lieux communs... Faute de la voir éclater dans les choses (ce qui, même quand j'étais moins usé dans un monde moins gangrené, n'arrivait que rarement), chercher à faire éclater la merveille dans les mots, pitoyable repli! Faux-semblant de prise en main, activisme au figuré, à quoi pourtant je me serai adonné toute ma vie, et maintenant plus peut-être que jamais. D'où pour moi un inconfort que je crois comparable à celui de l'homme qui se sent éperdument et indéfectiblement amoureux d'une femme mais sait, et pour cause! que cette sotte ou cette garce ne le mérite pas. Pourquoi, il est vrai, regimber à ce point contre l'attrait que les mots exercent sur moi? Ne devrais-je pas me dire que, de même que goûts et couleurs sont choses dont on n'a pas à disputer, l'on ne saurait discuter des passions, blâmables en rien si l'intéressé est seul à pouvoir en pâtir. Me dire aussi que l'une de mes faiblesses consiste à biaiser au lieu d'admettre une fois pour toutes que c'est *inconditionnellement* que j'aime la poésie, sans avoir à m'en justifier non plus qu'à me dissimuler que, du strict point de vue de la raison raisonnante, il n'est pas possible de se fier à ses lumières et que, dans le domaine moral, elle ne sacre ni celui qui l'offre en partage ni l'autre qui s'en nourrit. J'ai beau les mal juger, voir en eux des abstractions qui n'ont ni le poids ni le sérieux des choses, faire tinter les mots – abracadabravement promus coupes de cristal, cloches, monnaie jetée sur un comptoir, voire hochets qu'on secoue – aura toujours été l'un de mes plaisirs les plus grands. S'il vient un jour où, n'éveillant plus dans mon esprit aucun écho ému, ils ne seront plus pour moi que ce qu'ils sont (les signes morts d'une algèbre) alors je penserai que le silence est d'or.

« Des mots, des mots, des mots! » Il y aurait de ma part mauvaise foi à dénigrer, sans discrimination, les mots. S'il en est – ceux dont on use pour faire un achat, par exemple, ou obtenir un service – qui n'éveillent rien en moi et sont seulement à ma disposition comme l'argent qu'on porte sur soi aux fins les plus banales, il en est d'autres qui me parlent et, propageant (me semble-t-il) des ondes que la sécheresse du dictionnaire ne laisserait pas prévoir, vont au-delà de leur utilité immédiate, voire de leur fonction d'instruments sans lesquels nulle idée ne pourrait voir le jour. D'ailleurs, reprocher aux mots de n'avoir pas le poids des choses, n'est-ce pas une absurde querelle, comme de reprocher au rêve de n'être pas la vie ou au bleu de n'être pas le rouge? Le seul reproche légitime, c'est à moi que je dois l'adresser : me dérober à maintes actions humainement utiles sous prétexte – car il n'y a peut-être là qu'un alibi – de ne pas être détourné de l'activité claquemurée à quoi m'entraîne mon attachement au monde imaginaire des mots... Mon vrai grief contre ceux-ci, quel est-il tout compte fait sinon la capacité trop grande qu'ils ont de me séduire?

Épris des mots, qui certes ne m'enchantaient pas tous mais possédaient à mes yeux cette vertu commune, être le substrat des pensées, autrement dit ce sur quoi elles se fondent et point seulement l'enveloppe qu'ils leur fournissent, j'étais – en la période de jeunesse surréalisante où, me refusant à regarder la poésie comme une simple branche de la littérature, je tenais à ce qu'elle eût une dimension expressément métaphysique – un adepte de cette doctrine dont l'archaïsme médiéval ne pouvait qu'éveiller de riches échos chez un romantique voué aux toquades de sa vingt-et-quelquième année comme moi que les textes ou images ancestralement sibyllins et les vieilles sciences aujourd'hui au rancart attiraient autant que les récits arthuriens (avec leurs forêts quasi druidiques propices à toutes rencontres et apparitions) et que les ruines gothiques du type Jumièges (immensément ajourées et laissant tout le ciel s'engouffrer dans leurs déchirures) :

103

le nominalisme, dans lequel je voyais (plus que ten-
dancieusement, je m'en suis rendu compte plus tard)
une affirmation de la toute-puissance du langage plutôt
qu'une négation des idées générales, réduites à n'exister que dans les vocables qui en sont les signes. Lecteur
ébloui d'Hermès Trismégiste et de Raymond Lulle, je
n'étais certes pas un Faust ou autre opiniâtre chercheur
encyclopédiquement avide de tout connaître, mais j'aurais aimé pénétrer l'ultime secret des choses – ou du
moins en avoir l'illusion – et je misais à cet effet sur
la pratique d'une sorte d'*alchimie du verbe*, de même
famille que celle dont a parlé Rimbaud et à laquelle
j'étais enclin à prêter des pouvoirs presque aussi merveilleux que ceux d'une alchimie réelle capable de tout
transmuer. Cela non sans une bonne dose d'hypocrisie
puisque le nominalisme effréné, aux relents de Kabbale
(ne pas seulement passer la main aux mots et les laisser
s'ajuster comme d'eux-mêmes en phrases, protocole de
l'écriture dite « automatique », mais leur faire rendre
gorge, en tirer des idées et, du moins quant à ceux qui
se trouvaient ainsi élus et manipulés, dégager leur
arôme et déceler ce que j'appellerai leur radiance, soit
le sens aux ramifications multiples qu'à partir de tels
éléments de structure qui frappent l'oreille ou l'œil et
semblent être le nœud de ces mots ils prennent pour
la sensibilité plus que pour l'intellect), ce système philosophique bâtard – vrai bric-à-brac – auquel je voulais
croire me servait aussi d'excuse pour esquiver la honte

de n'être guère qu'un mordu de la plume s'adonnant à cet art littéraire dont, comme il l'avait fait de l'ensemble des arts et lettres, Dada avait dénoncé la vanité avec éclat. Certes, je n'avais que dédain pour cette « littérature » affirmée dérisoire par des gens dont le nihilisme teinté d'humour un peu dandy m'en imposait, mais la poésie était pour moi tout autre chose et j'aurais assimilé volontiers les pouvoirs du langage à ceux d'une magie, estimant non seulement (et sur ce point j'ai changé dans l'unique mesure où je ne vois plus là qu'une simple vérité psychologique) que *la pensée se fait dans la bouche* comme le veut un aphorisme de Tristan Tzara qui, sous une forme provocante, est une apologie de la parole, mais prenant presque au pied de la lettre ce propos d'André Breton qui, dans son *Discours sur le peu de réalité,* pose sans ambages cette question, réponse sans point d'interrogation (me semblait-il) à mon désir d'identifier le poète à une manière de thaumaturge : *Qu'est-ce qui me retient de brouiller l'ordre des mots, d'attenter de cette manière à l'existence tout apparente des choses?* D'autre part, j'étais fasciné par l'espèce de linguistique amusante – comme il y a une « physique amusante » – que le futur et imprévisible académicien Jean Paulhan, alors auteur des plus discrets, esquissait dans son bref mais substantiel ouvrage, très mine de rien, *Jacob Cow le pirate ou Si les mots sont des signes,* que j'interprétais en vérité à l'inverse de ce qu'il est puisque, alors qu'il met en évidence les mauvais tours que peut nous jouer ce fréquent fauteur de malentendus, voire truqueur, le langage et nous invite à nous défier de son emprise, j'aimais à y découvrir une démonstration de la suprématie de cette éminence grise, qui mène notre intelligence par le bout du nez, si l'on peut dire. Pour le meilleur comme pour le pire : pleins pouvoirs au langage, dont la vertu magique me semblait trouver sa reconnaissance officielle dans le passage de l'*Essai de sémantique* où Michel Bréal, après avoir noté la tendance des langues indo-européennes à tout traduire en actes, assure que même un énoncé de grammaire comme « clou prend un *s* au pluriel » est un *commencement de mythe...*

Des mots africains qu'en 1931, au Mali de l'époque coloniale dit alors « Soudan Français », je notais phonétiquement de mon mieux et que sur-le-champ mon interprète autochtone se faisait traduire dans sa langue ordinaire puis me traduisait dans la mienne quand, apprenti ethnologue, je recueillais des textes en *sigi so* ou langue secrète des maintenant trop célèbres Dogons de Sanga, de ces mots dont chacun était pour moi une énigme aux mots pratiquement tous français que, surréaliste, j'avais déjà pris pour base de ce GLOSSAIRE J'Y SERRE MES GLOSES qui depuis n'a cessé d'augmenter et de s'élargir puisqu'aux mots qui me touchaient particulièrement – les premiers que j'aie ainsi traités – sont venus de plus en plus nombreux s'adjoindre des termes de peu d'attrait mais dont l'analyse me permettait d'exprimer certaines idées ou qui, par leur présence, donnaient un ton plus « dictionnaire » à l'ouvrage amorcé naguère, sans compter (alors comme auparavant) des vocables se prêtant simplement au jeu de l'imagination sur le mode calembour ou autre construction à partir de leur teneur matérielle, il est sûr que la distance est grande. Pourtant, ce sont les uns comme les autres des mots qui se sont présentés à moi comme chargés d'une dose plus ou moins appréciable de mystère, soit qu'ils me fussent radicalement étrangers en même temps que nimbés d'une sorte d'auréole par leur usage rituel, soit que, mots de ma langue ou d'une langue voisine, ils se fissent pour des raisons pas toujours claires appels à un travail, sinon d'élucidation, du moins de transposition dans le parler autre qui est positivement un Sésame pour le quêteur de poésie.

Si — dessein longtemps trop peu dessiné pour que son orientation me fût franchement perceptible mais qui, à mesure que ma vie prenait une allure plus sensible de peau de chagrin, s'est assez précisé, sous la pression de plus en plus puissante du potentat tant et tant impudent qu'est le temps, pour que j'y voie le grand moteur de ce qui est depuis bien des années ma principale occupation — j'écris, par-delà mon propos direct, en escomptant que donner passionnément forme fera, sur le moment, pièce à l'angoisse qui me tient moins à la tête que pour ainsi dire au ventre (savoir par exemple, alarme élémentaire alimentant venimeusement des ruminations presque animales, que chacun à notre tour mes familiers et moi nous passerons irréversiblement, comme déjà trop des nôtres, de la présence à l'absence, de la conscience à la non-conscience), c'est peut-être avec mes jeux de mots, protocole sans façade sévère, que j'y parviens le plus sûrement. De quelle langue en effet sont-ils des échantillons, sinon d'une langue appropriée plus qu'aucune autre à ce que je veux conjurer puisqu'elle est une sorte de langue de la mort : langue bouleversée, convenant au traditionnel *monde à l'envers* dont l'imagerie populaire a fait le thème d'illustrations burlesques du genre bande dessinée et qui — funèbre tournure d'esprit que j'aimerais pouvoir contrer — m'apparaît (de même que, par exemple, le tohu-bohu d'un déménagement ou le brouhaha d'une gare à l'époque d'un départ en vacances) comme une figure caricaturale de l'absurde sens dessus dessous dans lequel la mort, s'il y avait un au-delà, ne manquerait pas de nous précipiter; langue qui, telle une langue initiatique comme il en existe dans ces sociétés qu'on ne sait trop comment désigner depuis qu'il est exclu de les dire « inférieures », « primitives » ou « archaïques » et qui attachent une grande importance au cérémonial assurant la relève d'une génération d'amont par la génération d'aval, n'est pas la langue courante, même ennoblie, mais une langue

de l'autre côté, de cet autre côté plus qu'incommen-
surable pour qui ne croit pas à une vie seconde puisque
aucunement mesurable et d'ailleurs nulle part situable.
Rebelle à nos carcans logiques et me donnant par cette
rupture une idée du néant proprement inimaginable
de l'outre-tombe, cet idiome aussi éloigné du discours
commun que le sacré l'est du profane et langage
démanché, déhanché, voire dansé, plutôt que dévote-
ment endimanché, me permet de me sentir moins inté-
gralement désorienté devant ce RIEN (ni vide ni gouffre
ni abîme, mais rien, absolument rien, et pas même
l'écho de ce mot), moins désarmé en face de cet incon-
naissable qui, du fait qu'on peut fictivement prendre
langue avec lui, cesse de n'être que négativité et devient
quelque chose au lieu de Dieu sait quoi d'à jamais
étranger à nos prises, d'où – en tout cas durant le
temps que je travaille – une horreur nocive encore
mais plus diffuse de l'anéantissement futur, tiré de sa
nullité diaboliquement insaisissable grâce à cette illusion de pont linguistiquement jeté.

/ Plus près peut-être de la réalité sans apprêt :
si je parle – ou écris – une langue de la mort,
la mort n'est plus la mort (non plus la fin de
tout mais un pays lointain avec lequel un exo-
tisme verbal m'a tant soit peu familiarisé) et
je dois en conclure que ce n'est pas une simple
façon de tuer le temps mais un vrai cache-mort
que représente mon jeu de cache-cache avec les

mots à la fois déguisés et redécouverts, maintenant décapés et aiguisés, après pour maints
d'entre eux les méandres de multiples modu-
lations, mixages et musarderies. /

Ni jargon pour augures orgueilleux se targuant de
savoir bien arguer, ni argot pour gens de même sphère
conversant sans y mettre des gants en un style soit
grassement vulgaire soit gavroche et comme fait pour
narguer, la langue que parlent les gloses servies serré
de mon *Glossaire*... n'appartient pas plus à l'une qu'à
l'autre de ces catégories : elle ne s'écarte de l'officielle
qu'en ce qu'elle est hachée, morcelée, comme si − en
principe sous couleur de définitions imitant celles du
dictionnaire − je m'étais plu à des énoncés en coups
de poing ou en fusées à trajectoire parfois capricieu-
sement segmentée, énoncés qui, dénués de toute syntaxe trop oppressivement articulée, doivent un pouvoir
plus grand d'imprégnation à cette absence laissant, si
l'on peut dire, les mots à nu. Empoigner, imprégner
et − fût-ce un instant − régner, n'est-ce pas le premier
coup que doit gagner un artiste ou un écrivain, et plus
encore un poète puisque, se cognant ou non à la hargne
du guignon, il vise sans vergogne à ensorceler ?

Partir des mots et faire qu'en quelque sorte ils
pensent pour moi (me dictent au lieu d'être par moi
dictés) : condition, j'ose le croire, d'un dire qui ne serait
pas discourir (assujettir les mots à un récit, relèverait-
il de l'hybride sur quoi débouche l'écriture automa-

tique, ou à un raisonnement) mais qui s'imposerait à notre écoute en termes plus mordants parce que non émoussés par leur rôle d'intermédiaires et non dilués le long de phrases plus ou moins loquaces.

Fuir la trop linéaire continuité ou la briser avant même qu'elle s'instaure, c'est à cela que répondent et le plaisir que je prends à établir, en quelques mots, de pseudo-définitions de dictionnaire et mon goût – excessif, je le sais, du point de vue des gens de goût – pour les incises et les mises entre parenthèses ou entre tirets, lié quant à lui non seulement au besoin, par crainte constante du faux pas, de préciser ou corriger (quand je tiens à m'exprimer de manière circonstanciée en tâchant d'éviter toute monotonie assoupissante y compris dans la ponctuation) mais au désir de couper mes phrases, les syncoper, les morceler, autre tactique pour esquiver le ronron et façon en zigzag que, snobisme encore? il ne me déplaît pas de comparer à celle dont les chanteurs et chanteuses de jazz lancés dans la volubilité cascadante du *scat-singing* semblent, avec leurs tranches de mots bousculés et truffés de syllabes intercalées, s'acharner (comme fit un temps le comique Darry Cowl qui du dard au haricot faisait rigoler lorsque son bafouillage, tout bégaiement, métathèses et quiproquos, donnait à craindre de bientôt ne plus savoir parler et causait un vertige auquel on échappait par le rire), s'ingénier à mettre en pièces les paroles de leur chant, forme extrême, dirait-on, de ce qu'on trou-

111

vait déjà dans nos vieux opéras bouffes : bredouillis précipité si fréquent chez Rossini (proche homonyme du gélatineux ténorino Tino Rossi car les mots savent mentir eux aussi et demanderaient parfois à être redressés) ou césures saugrenues cisaillant intempestivement le texte en plus d'un endroit des parodies offenbachiennes.

Sans doute, l'écriture poétique est-elle, par rapport à l'écriture ordinaire, un peu ce qu'était dans l'opéra traditionnel l'*aria* opposée au récitatif (d'une part le chant ailé, d'autre part celui qui ne s'élève pas au-dessus du documentaire). Or, ce vers quoi spontanément j'ai tendu en interprétant des mots comme s'ils avaient été des termes de dictionnaire pris pour bases de développements rien qu'esquissés et à peine ou pas même syntaxés quand je ne me bornais pas à associer à un autre le mot prélevé, celui-ci, comme n'importe quel vocable hormis ceux qui ne sont que rouages du discours, possédant par sa structure des antennes qui le relient à au moins un vocable de lignée autre, de sorte qu'en suivant cette pente on pourrait, obsédé acharné à parcourir le vocabulaire entier ou — si je serre l'impression de plus près — s'aventurer jusqu'à se perdre dans un jeu de miroirs qui se renvoient les uns aux autres en d'innombrables réverbérations, découvrir le sens dernier, n'est-ce pas vers quelque chose qui, loin de n'être que balbutiement burlesquement agile, serait à l'écriture poétique ce qu'avec leurs escarpements les vocalises représentent par rapport aux parties plus unies de l'*aria*?

Cristaux pointant à des hauteurs glaciales dans la noirceur de l'« Air de la Reine de la Nuit », pépiements d'oiseau éperdu quand l'air dit « de la folie » de *Lucia di Lammermoor* vient à prendre son plein envol. Tension extrême de ces séquences mélodiques coupées de vides alternant avec des notes acérées; tension doublement tragique, car animée jusqu'à presque suspendre le souffle par ce que l'on sait de la difficulté acrobatique d'exécution dont, sous peine de perdre la face, la cantatrice assumant l'un de ces deux rôles doit alors triompher en risquant à chaque instant la faute irréparable. Indicible? Ineffable? Je ne gonflerai mes joues d'aucun de ces grands mots pour exprimer ce à quoi je crois atteindre en ces moments où, subjugué par l'apparente frivolité de la prouesse vocale, je ne vis guère que par et pour l'oreille. Simplement, m'abstenant d'user d'un terme négatif qui ne suggère l'infini que par sa vacuité même et que notre bouche a sottement plaisir à boursoufler, j'affirmerai qu'en l'espèce la chose à dire est expressément dite, mais l'est par la musique avec les sons pénétrants – qu'aucune entente seconde n'émousse – de son langage à elle qui, sans qu'on puisse sauf mysticisme prétendre qu'elle *creuse le ciel* comme l'a écrit (splendidement) un merveilleux poète et esthéticien de l'époque romantique, pallie avec assez d'éclat pour nous combler la carence du langage que tout petits nous avons appris et que plus âgés nous parlons et écrivons, incapable quant à lui de nous conduire jusqu'à nos derniers recoins.

Faute de tirer de mes viscères aussi souvent que je le voudrais quelque chose d'analogue à la phrase succincte mais au déploiement souverain qu'avec une verve toujours neuve le si fertile et divers Verdi a su maintes fois – sans jamais se répéter – faire éclore ici ou là, pure et large effusion qui, summum du chant, s'élance hors du gosier du soprano, culmine un instant et s'épanouit puis retombe, le tout comme au ralenti, je recours – jeu marginal que je mène aujourd'hui sans ma foi innocente de jadis – à des façons non discoureuses de dire qui, accélérées, hachées, rappellent tant soit peu ce que sont, dans le domaine également de cet art lyrique auquel j'aime tant à me référer, des vocalises marquant, joyeuses ou graves, des temps forts où le langage – comme dépassé – se désarticule, voire s'abolit au point de ne même plus avoir une fonction sémantique d'interjection ou d'onomatopée.

À moins de s'affirmer – ou s'affermir – comme le peintre, en façonnant des images ou, comme le musicien, en égrenant et combinant des notes, sans doute ne faut-il, si l'on cherche en tant qu'écrivain à faire acte d'intelligence plénière (joignant donc à la justesse de vue la sensibilité), ni débiter ce qui n'est qu'un ensemble d'informations ou de raisonnements, ni être le comptable de ses mots comme qui craint de par trop se livrer, ni crier en furieux ou en égaré, mais parler d'une voix qui, sans appareil pesant, donne à entendre ce qu'elle veut qu'on entende et, par ses inflexions plutôt que par les arguments mis en avant, amène à croire aux vérités humaines – nécessairement personnelles – qu'elle énonce, comme si ma ligne littéraire, qui jamais n'a été d'introduire dans l'écrit le langage parlé (ce qu'avec une humoureuse maestria a fait notamment l'auteur du philosofarfelique *Chiendent* et de bien d'autres livres dont je ne préconiserais certes pas la destruction par le feu), avait été plutôt, sur un mode résolument subjectif, de vivifier l'écrit en quelque sorte par son timbre, autrement dit de rendre patent que ces pages que nos yeux lisent sont sous-tendues par une voix, en l'occurrence la mienne qui non seulement conte volontiers ma vie mais est intrinsèquement comme ma vie même... Tendance dont je marquerai la différence profonde avec la visée d'abord évoquée en disant que dans ce dernier cas ce n'est pas d'oralité (si je puis ainsi néologiser) qu'il s'agit mais de vocalité, qualité primordiale je crois, comparable il me semble à ce qu'est pour un acteur la présence (que l'autre vous sente indubitablement là, réel, consistant, singulier) et qui, ne relevant d'aucune recette, est – je le précise – affaire de ton plus que de musique au sens strict et n'exige au demeurant, pas plus le style rythmique à périodes que les jeux phoniques tels qu'allitérations et autres rappels de sons en échos auxquels je m'adonne volontiers ici, non par attachement sénile ou par caprice mais parce que je traite de quelque chose qui participe du calembour et tiens, en somme, à user d'un parler qui ne soit pas tout à fait étranger à ce quelque chose dont je parle. Allitérations et types autres d'insistance sonore ou de subtil martèlement qui me semblaient être le corps même de la poésie quand, adolescent, j'admirais autant qu'on me l'avait enseigné le célèbre vers racinien qui fait, à s'y méprendre, siffler aux oreilles d'Oreste de sinistres serpents.

Cette voix vivante et vulnérable, ardente et blessée que devrait laisser deviner mon écriture de quelque façon qu'elle se tourne ou se chantourne, cette voix avec la particularité de son timbre qui fait qu'imbibée d'ombre et teintée par les ambres qui s'imbriquent en moi elle est elle-même et diffère des autres, est-ce dans mes jeux de mots, à peu près sans syntaxe et tels que les vocables y sont, peut-on dire, libres de tout alignement, que je la donne le plus clairement à entendre? Pour porté que je sois à valoriser ces bricoles, j'en doute. Car une voix est une voix, reconnaissable en toutes circonstances et jusque dans le murmure ou le cri, à moins qu'on ne la déguise. Or pourquoi la mienne (ma voix d'entre les lignes, double épuré de ma voix ordinaire, celle lourde et hésitante qui m'apparaît comme un portrait cruel s'il m'arrive de l'entendre enregistrée) serait-elle plus manifestement mienne qu'ailleurs dans les variations alertes que j'annexe au lexique et − antipodes de ce que j'étais prêt à croire − n'est-ce pas dans ces acrobaties, sortes de vocalises, qu'elle est le plus artificiellement tendue, si ce n'est déguisée? Ce que je dois pourtant retenir, c'est que cette façon de manipuler les mots − les remodeler, soit par une définition d'un type nouveau, soit par la notation des échos qu'à mon sens ils éveillent, soit par l'établissement d'un lien non logique entre tel mot et tel autre − est peut-être avant tout une manière pirate de me les approprier : qu'ainsi traités selon mon jugement personnel et lancés sur des pistes hétérodoxes ils se fassent miens bien qu'appartenant de plein droit à tous mes semblables de langue française! Et qu'ils deviennent, pour du moins quelques-uns de ceux-ci, aussi révélateurs de mon identité profonde que la voix tristesse et joie, gris acier et gris perle, qui est l'étoffe de ma parole et − chimère ou vérité? − m'apparaît, plus que l'opacité terrienne de mon corps, comme le véhicule patenté, voire la réalité tangible, de mon existence pensante!

En quête d'un butin de savoir, courir le dictionnaire comme d'autres ont couru les mers. Enfant encore, ou à peine adolescent, j'allais en tapinois consulter dans la bibliothèque de mon père le Larousse en sept volumes plus un supplément aux reliures d'un beau rouge méphistophélique, l'un des éléments cruciaux de cet ensemble assez divers de livres où figuraient, fascinants

117

plus que tous autres, ceux qui faisaient partie des choses dont on me disait : « Ça n'est pas pour toi ! » comme on leur eût apposé un écriteau ENTRÉE INTERDITE. En ce vieux temps mon désir était de franchir cette entrée – d'éclaircir les mystères de la vie sexuelle en m'initiant à une terminologie relative tant aux organes génitaux qu'à ce qu'ils permettent de faire – et non comme beaucoup plus tard (devenu un adulte que l'idée de sa finitude hantait) de faire sauter le verrou en laissant la bride sur le cou à l'écriture pour accéder à un merveilleux tout autre que celui des fées et, concurremment, en notant avec soin ce que la nuit m'apportait sur le mode du rêve et – mise en cause du langage au niveau de ses matériaux de base – en distordant et marquant de ma griffe maints vocables que mes manipulations intégraient poétiquement à mon orbe. Compulsant avidement l'espèce de compendium de toute science que mon père possédait et frappant à toutes les portes que j'y trouvais (mots troublants que je connaissais ou venais de découvrir mais dont le sens exact m'échappait, « scrotum » ou « puberté » par exemple) j'espérais, moyennant les zigzags d'une course de proche en proche, pénétrer le monde obscur qu'est celui de l'amour physique et – avant même d'avoir atteint l'étape où je souhaiterais anxieusement posséder l'éminente agilité verbale qui permet d'aborder une femme dans la rue ou de faire une déclaration d'amour – parvenir notamment jusqu'au secret de la procréation. Mais je faisais toujours buisson creux et aurais pu prendre à mon compte les premières paroles que le Faust de Gounod chante, sur le ton du récitatif : *Rien, en vain j'interroge...*

Jadis, mon âpre envie de détenir les mots clés (ceux dont la pleine saisie ferait de moi, sinon une grande personne à part entière, du moins le garçon « dessalé » qui sait de quoi il retourne quant au commerce de l'homme et de la femme et est mûr pour passer de la théorie à la pratique, sa capacité non seulement de comprendre certaines plaisanteries à sous-entendus grivois – parmi d'autres « astuces » qui entre lycéens sont comme des mots de passe – mais d'employer des gros mots et des locutions argotiques, montrant qu'il est un affranchi, même si malgré son arlequin de connaissances il reste un béjaune à maints égards). Naguère et aujourd'hui encore, fabriquer mon propre dictionnaire, où sur chacun des mots catalogués se grefferait une combinaison aventureuse, apparemment déduite des caractères sensibles du mot quoique néanmoins bien à moi et indiquant clairement quel est mon ton – ou mon timbre – de voix dans la mesure où c'est moi et personne autre qui ai procédé à cette déduction. Dans un cas, m'initier à la langue de plus avancés en âge et, dans l'autre, initier mes pareils à la langue que je parle moi. Toutefois, dans les deux cas, déceler un secret : d'un côté, celui des mécanismes par quoi l'on vient au monde, et tout particulièrement

119

celui des relations amoureuses; de l'autre, cette vérité cachée ou à peine pressentie qui, point toujours mais par chance, peut se faire jour à travers un mot bien conditionné : le contenu hors lexique qui se trouve organiquement inscrit dans la forme même de ce mot, comme si les termes avec lesquels nous nous exprimons n'étaient pas des étiquettes arbitraires mais des figures à décrypter, ce qui voudrait dire que, du moins en des cas privilégiés, la langue dont nous usons concorde avec ce que les choses sont au vrai et, pour peu que je m'attache à une telle restauration, vient à recouvrer la mythique authenticité du langage originel. Propos, certes, plus actif et plus ambitieux que mon propos d'extrême jeunesse qui, impulsion sans contrôle plus que démarche intellectuelle fût-elle floue, consistait non pas à révéler mais à apprendre et ne se cherchait pas d'autre champ d'opérations que le dictionnaire existant. Un trait commun, cependant : mon désir pressant de scruter des mots en raison soit de la science vitale à laquelle ils me feraient accéder par des voies plus ou moins défendues, soit du plaisir gourmand de me raconter que presque par fraude je pénètre leurs arcanes.

Ce parler initial, supposé parfaitement adéquat à ses objets et qui plus tard se serait babéliquement divisé et corrompu, y ai-je réellement cru? J'étais certes entiché de lectures relevant de l'ésotérisme, de l'occultisme, de l'hermétisme, bref de tout ce qui était doctrine pieusement dissimulée, à ne propager que de bouche à oreille et appelant en maints cas le déploiement d'un esprit tant soit peu détective chez celui qui aspirait à les assimiler. Mais, en vérité, je n'étais pas crédule au point de voir là plus que des systèmes baroques rendant compte, de façon marginale et stimulante pour l'imagination, de la structure et de la marche du monde au sein duquel nous sommes plongés. Entrer comme par élection dans la confidence était ce qui me sollicitait, de même qu'ultérieurement – devenu ethnographe – je me plus à penser que, grâce à ma perspicacité jointe à la confiance que me faisaient ceux que dans ce métier on nomme « informateurs », je percais les énigmes posées par les croyances, coutumes, mythologies, etc. des peuples étrangers et, de ce fait, étranges que j'étudiais.

M'attaquant d'abord à des mots qui me séduisaient – fine fleur à quoi, piqué au jeu, j'ai vite mêlé d'autres mots – et les prenant pour bases de gloses que leur teneur me dictait, ne voulais-je pas les rendre plus *véridiques*, découvrir ce que véritablement ils me disaient avec leurs particularités sonores et parfois orthographiques, au lieu de ne retenir que le sens académique qu'ils ont par convention? Travail au but triple, si j'ose me fier à mon regard de maintenant, qui donne des arêtes tranchantes à une masse auparavant confuse : formuler de la manière la plus directe (sans passer par aucune explication rationnelle) la signification intime que mon ouïe intérieure – ou ma vision – accordait à ces mots et, de la sorte, livrer à l'attention du lecteur un miroir aux multiples facettes dans lequel je me reflétais; visée moins narcissique mais à coup sûr plus présomptueuse, restituer à ces mots poétiquement (en langue de l'autre bord) glosés mais non commentés dans le style prosaïque du renseignement ce que je n'hésite pas – tout en sachant combien fallacieuse est pareille expression – à nommer leur pureté native, trop aisément adultérée par les usages courants que l'on fait d'eux; enfin, au niveau le plus élémentaire ou le plus diffus, satisfaire le désir enfantin de m'affirmer assez maître de mon vocabulaire pour qu'on ne puisse plus m'humilier comme quand, âgé de peu d'années, telle sottise étourdiment proférée m'attirait un « Tu ne sais pas ce que tu dis! » qui me vexait beaucoup et – préciserai-je en me prêtant évidemment plus de pénétration que je n'en avais en ce temps – me donnait à remâcher la honte d'être encore un bébé au babillage sans contenu et dénotant qu'aucun savoir ne soutient son dire ou son faire d'être qui, parlant à vide et manquant en somme de tout savoir-faire, peut à peine être regardé comme un être pensant.

Savoir ce que l'on dit ou bien ne pas le savoir, parler ou bien bavarder, dire ce qu'on veut dire et faire sentir sa voix le disant ou égrener des mots plus ou moins dextrement mais sans entrer dans leur peau : question que l'on radicaliserait à peine en la ramenant hamlétiquement à un *dire ou ne pas dire* et presque à un *penser ou ne pas penser,* comme s'il fallait admettre que nulle démarche valable de l'esprit ne peut être effectuée avec de mauvais mots, exactement mots employés par qui se borne à les utiliser selon leur — ou l'une de leurs — acception orthodoxe et fait fi de l'impact que les ondes qu'ils propagent peuvent avoir sur la sensibilité, une telle démarche pouvant alors être correcte mais apparaissant privée de l'essentiel et comme châtrée puisque, soumise à la machinerie de la raison raisonnante, elle n'est qu'affaire d'engrenages convenablement ajustés et huilés. Certes, il est permis d'estimer que, si l'on ne croit pas pouvoir aider au salut du monde en écrivant, calembredainer en connaissance de cause — donc sans s'en faire accroire — vaut mieux que philosophailler gravement. Mais débiter tout ce qui vous vient en tête ou enchaîner avec finesse des arguments, n'est-ce pas du pareil au même dès lors que seule une mécanique est en marche et qu'aussi bien dans l'un que dans l'autre discours rien ne passe qui fasse résonner ces cordes faute desquelles vous ne seriez pas plus qu'un robot ? Penser, voilà mon sentiment, revient à ne pas penser (ne pas savoir ce que je dis) si je le fais avec des mots qui, alignés autrement que selon une perspective exprimant toute la personne, sont aussi morts que des chiffres dans les colonnes d'un bilan.

Que les mots vivent, tel est mon vœu d'écrivain.

Et sans doute faut-il pour cela que dans les mots bientôt figés que j'écris passe la vie de ma voix, exactement ma présence, plus intime et plus forte que dans tout ce que je pourrais dire de vive voix. Mais pourquoi cette voix à laquelle j'ai tendance à m'identifier serait-elle perceptible surtout quand je joue expressément avec les mots? Une illusion peut m'égarer : comme, en proie à un désir tenace de justification, je le fais en ce point de ma quête, m'imaginer que, là, on sent ma voix plus qu'ailleurs, alors que dans ce cas c'est moi qui sens plus intensément mes mots (décortiqués, fouillés jusque dans leur pulpe puis décomposés en éléments que j'introduis dans des combinaisons neuves en les associant au moins possible d'éléments étrangers afin que, provenant d'une source presque unique, ce qui est tiré de chacun de ces mots ait plus de rigueur et de densité), manège qui certes va plus loin quant au style que tous les agencements de mots auxquels je procède par ailleurs mais est seulement plus radical et n'amène pas nécessairement ma voix à se faire plus mienne et plus pénétrante quand je m'en prends directement au vocabulaire au lieu de me borner à l'utiliser pour émettre des phrases dont les composants intacts se lient les uns aux autres sans à-coups.

Que mes mots soient vivants, qu'ils aient os, chair et peau! À quoi, entrelaçant grave et futile, n'aurai-je pas assimilé cet intermittent et interminable *Glossaire...* qui ne finira qu'avec moi ou avec ma capacité d'écrire et qui m'a fait songer successivement à une langue évoquant l'absolu sens dessus dessous que représente la mort, à une machine à penser me découvrant des idées qu'autrement je n'aurais pas eues, au chant désarticulé pratiqué dans le jazz sous le nom de *scat-singing*, aux vocalises dont l'opéra classique use à l'instar des chants religieux de jadis où elles visaient, dit-on, à traduire la jubilation mystique que des mots ne sauraient exprimer, type d'écrit enfin que j'ai cru reconnaître comme le lieu par excellence où ma voix se fait entendre (comme si c'était là que je trouve le mieux à vocaliser littéralement mon écriture, la rendre pareille à une voix et donc la « faire vocale » de même qu'on fertilise, qu'on stérilise ou qu'on volatilise), lieu dont le privilège serait aussi qu'en ce cas mes mots (censément tournés vers ce qu'il est convenu d'appeler outre-tombe voire tenus pour les instruments d'intuitions métaphysiques confuses) se chargent – selon du moins mon impression première – d'un maximum de vie ? À base phonétique et donc sonore le jeu de mots ne serait-il pas ce qui, avec le plus d'acuité, fait sentir la voix dans l'écrit et le fait de la manière la plus vivante ? Je l'ai cru un moment mais, comme je viens de le rappeler, j'ai cru bien d'autres choses également, de sorte qu'en définitive je me demande si la raison très simple de ces flottements – indices d'un désarroi – n'est pas que ma démarche de nature toute poétique se situe par essence entre l'*être* et le *ne-pas-être*, pôles

125

plus que distants puisque sans commune mesure, et qu'elle est statutairement assez incertaine pour prêter à des vues fondamentalement différentes sinon contradictoires.

Peut-être est-ce quand la mort – ou quelque chose qui lui ressemble – est en jeu que les mots jouent de la façon la plus vivante? Ou est-ce, à l'inverse, quand les mots jouent jusqu'à se désarticuler que le lecteur ou auditeur plonge dans un abîme mortel à quelque degré? Ceci admis, je n'aurais à m'accuser ni d'avoir parlé à la légère ni de m'être contredit et je pourrais tout naturellement, pour achever de me disculper, me référer comme à un mythe justificateur à cette illustration : l'œuvre ultime et longtemps *en progrès* du pharamineux James Giacomo Dedalus Joyce, énorme mascarade philologico-glossolalique qui, dans le Dublin moderne où la légende reste présente, a pour prétexte une veillée funèbre comme s'il fallait démontrer que la langue démantibulée – de partout ou de nulle part, de jadis ou d'aujourd'hui et comme proliférante à chaque instant – prise pour instrument d'un tel discours où les accents les plus divers se mêlent est parfaitement de circonstance lors du branle-bas engendré par la disparition d'un membre de la communauté. Pas besoin, donc, que Guinness, Jameson ou autre breuvage à saveur gaélique me fasse voir de travers pour que j'assigne une vie maximale à ces mêmes mots que j'ai d'abord montrés sur un fond de tentures mortuaires et comme s'il suffisait de dérégler leur cliquetis pour qu'il devienne cliquetis de danse macabre.

Des mots, des mots, toujours des mots... Bien que depuis beau temps je ne croie plus au Verbe créateur (*Que la lumière soit! Et la lumière fut*, comme nous l'apprenait l'histoire sainte) et bien que j'aie liquidé il y a belle lurette le nominalisme outrancier (*changer le monde* en bousculant le langage) qui fut un avatar de cette foi du charbonnier, je suis loin d'être sorti du long et feuilletonesque roman d'amour avec les mots qui m'aura occupé dès l'enfance. Noms communs ou noms propres mais toujours singuliers d'allure quand ils n'étaient mal entendus ou mal lus et sur lesquels j'échafaudais des constructions bizarres, substantifs dont la versatilité m'intriguait (tels « gars » et « courtisan », anodins au masculin mais d'un sens plus spécial au féminin, ou tel « fille », tantôt honnête opposé de garçon et tantôt prostituée), nom de péché comme « convoitise » (assez louche bien qu'il rime avec « friandise ») ou comme « concupiscence » (que coup sur coup avilissent trois disgrâces), terme sportif comme « challenge » ou religieux comme les « limbes » (où vont les petits enfants morts sans baptême), désignation professionnelle comme « brunisseuse » (pendant de « journalier » dans le bon style faits divers), – tous ils m'ouvraient d'étranges fenêtres sans même que j'eusse besoin d'involontairement les déformer ou de me méprendre sur eux, mystères qu'ils étaient soit par l'incertitude sémantique à laquelle ils prêtaient, soit par leur seule sonorité. Quoiqu'il n'eût aucun attrait d'énigme, je me souviens aussi du tintement de « tympanon » que, dans la petite école dont je fus l'élève avant d'aller au lycée, j'entendis prononcer par notre maître Monsieur Roger (pour nous écoliers son seul état civil), un chauve précoce à sombres touffes encadrant sa pleine lune moustachue et je crois lunetteuse, qui se flattait de rédiger − œuvre de sa vie − un dictionnaire et, bon prince, nous faisait goûter l'élégante définition qu'il donnait de cet instrument de musique proche pour moi, présumerai-je, des *rosa*-la-rose, *Ave Caesar imperator* et autres latinités qu'on découvre en sixième.

/ Fleur, parmi d'autres de mon bouquet de souvenirs d'enfance : une rose que j'aime à imaginer parente de cette Rrose Sélavy (alias Marcel Duchamp, alias « Marchand du sel », l'homme de la *robe oblongue, dessinée exclusivement pour dames affligées du hoquet*) sous l'égide de qui le dévorant et décervelant dénoueur et désosseur de mots Desnos (penseur anti-Penseur de la conjecture faussement interrogative *mots, êtes-vous des mythes et pareils aux myrtes des morts*, et de l'impeccable adage *les lois de nos désirs sont des dés sans loisir*) avait placé la série de phrases énigmatiques au sein desquelles sons et lettres changent de mots comme on peut changer de domicile et dont − exégèse que je ne saurais omettre sans l'injus-

128

tice la plus injustement injuste – dérivèrent mes propres acrobaties lexicales. /

Ne pas me payer de mots, me garder de prendre ou faire prendre ces vessies pour des lanternes, telle est l'une des règles que sans cesse je me suis efforcé d'appliquer dans la conduite de ma vie. Quelle importance majeure cependant ai-je toujours accordée à ce genre de monnaie dont, quand ma parole m'engage sur le plan des réalités tangibles, je me défie autant que s'il ne fallait voir que ferblanterie ou monnaie de singe dans ce moyen d'échange! D'un côté, donc, une prise de distance (remettre les mots à leur place d'outils facilement trompeurs) et, de l'autre, une adhésion naïve (m'imprégner sans arrière-pensée de leur saveur en les tournant et retournant sous ma langue). Que ma raison et ma conscience se refusent à entrer dans le jeu de dupes auquel ils président trop souvent, cela, tout compte fait, n'amoindrit en rien le goût que j'ai des mots, un goût indéfectible répondant sans nul doute à la nature propre de ma vocation (en fait montée au jour d'un long cheminement souterrain plutôt qu'obéissance lucide à un appel précis), vocation que j'ose à peine parer de cette pieuse dénomination et qui me semble avoir été axée moins sur telles choses que j'aurais eu un irrépressible désir de dire que sur l'instrument quasi musical par lequel des choses appelant le sourire ou le plissement du front peuvent être dites.

M'interdire le recours au seul discours quand ce

n'est pas de *dire* mais de *faire* (dur comme fer) qu'il s'agit (en cet âge d'agités plus rageurs qu'agiles et qui attigent sauvagement), cela doit-il m'induire à médire des mots, voire même à les maudire? Par eux-mêmes ils n'ont pas de malice et, s'il me faut moralement éviter de mésuser d'eux, c'est affaire qui ne regarde que moi et non effet de quelque vice de nature qui, source d'une disqualification totale, les priverait quelles que soient les circonstances du droit d'être adulés. Prendre garde aux mots, si prompts à vous leurrer comme à leurrer autrui et politiquement supports courants de mythes favorisant la tyrannie sans voile ou masquée tant bien que mal, n'implique pas qu'on répugne à se laisser entraîner dans leur sarabande, là où catégoriquement dissociée de l'action la parole règne en pleine légitimité.

N'aimant ni qu'on se paye de mots ni qu'on parle pour ne rien dire (deux manières de faire tourner la machine à vide), il va de soi que je juge sévèrement le bavardage. À quoi bon baguenauder de fadaise en faribole! Attaché comme je le suis à la parole et toujours près de confondre verbe et Verbe créateur, comment admettrais-je qu'elle soit étourdiment gaspillée et que, tache d'huile, le galvaudage ainsi perpétré affecte tout entière, à ce qu'il me semble, cette chose royalement humaine que je prise trop pour accepter de la voir traitée par-dessous la jambe et, de ce fait, profanée? Certes, ce rigorisme en matière de langage

– répercuté dans l'amour, car je ne suis pas de ceux qui prodiguent les « mon bijou », « mon chou », « mon loup » ou autres mignardises – me nuit quant à la sociabilité, en me rendant difficile le petit échange détendu de propos à bâtons rompus qui est l'indice d'une certaine connivence entre les interlocuteurs – tendance à une parcimonie linguistique qui me fait, dans le privé, très mauvais épistolier (d'ailleurs desservi par un manque réel d'imagination) et essentiellement utilitaire, sinon sec, quand je parle au téléphone. Or, semblable rigorisme – attitude foncièrement puritaine – n'est-il pas d'autant plus ridicule que quiconque voudrait, avare de ses paroles, ne jamais en prononcer que de définitives risquerait fort de revêtir l'allure d'un qui se hausse du col ou d'un affreux pédant, à moins que tout simplement son excès de scrupule ne le réduise au mutisme? Du reste, si je condamnais sans appel tout ce qui relève du verbalisme, pourquoi diable – quand les ans vont bientôt me tirer à quatre-vingt-trois chevaux – m'obstiner à ce bricolage digne d'un gamin pas encore ou à peine pubère : prélever, comme pour un passage au kaléidoscope, quelques-uns des éléments sonores dont se compose tel mot, secouer fortement pour désassembler et réassembler ces bouts de verre colorés, puis s'ébaubir de la combinaison nouvelle obtenue selon cette règle, sujette il est vrai à maintes entorses... Faire en sorte que le langage parle comme de lui-même et qu'il parle

131

de vous autant que de lui dans tout ce que, façon oracle, il dit d'une voix hachée, n'est pas — à bien y regarder — s'abandonner à quoi que ce soit qui, trop exsangue, ressemblerait a une logorrhée. Inutile par conséquent de louvoyer comme si était instruit un procès dans lequel, faute de pouvoir franchement me disculper, je plaiderais coupable. *Basta!* Fini de jouer les accusés timides.

Honte à moi si je continue d'avoir honte de la passion dont je suis animé, honte qui me pousse à tenter perpétuellement de me justifier et est, je le crois fermement, un sentiment non moins mesquin que celui qui peut porter à rougir d'une femme dont on est amoureux, femme qui par exemple marque mal ou use d'un vocabulaire trop peu choisi. Marcel Schwob (dont, resté marginal comme par choix, me harcèle chaudement le nom étincelant et sobre) avait-il honte de la jeune ouvrière analphabète dont il fut l'ami et qui aurait été le modèle modeste de sa Monelle? Ne ferais-je pas preuve de vice en m'accablant de honte comme à plaisir, tel un masochiste bien décidé, en vertu d'un pacte conclu avec je ne sais quel démon, à ne rien se pardonner pour mieux s'enfoncer dans le malaise. Assez, donc, de mes atermoiements et qu'une bonne fois je me dise que je n'ai pas à battre ma coulpe pour la prédilection qui me porte vers ce que je dois, sans baisser pudiquement les yeux et sans guillemeter mentalement, nommer littérature.

Qu'est-ce donc qui me rive à ces tours délicats qu'on tiendrait aisément pour des jongleries insignifiantes, si ce n'est que j'y vois le jeu littéraire démonté et montré comme sur une épure où il apparaîtrait dégagé de tout matelassage encombrant ? Au lieu de réduire le vocabulaire à n'être qu'un ustensile, passer par-dessus la tête des idées et − comme on trancherait un nœud gordien − aller droit aux mots, matière d'un brassage qui sera aussi un mode de réflexion (maints articles de mon dictionnaire pouvant même faire figure de bribes d'une encyclopédie de poche où seraient énoncées laconiquement mes opinions). Aussi charrue avant les bœufs que puisse sembler pareille démarche, procéder ainsi n'est rien d'autre que prendre au mot le mot « littérature » qui à la limite voudrait que, du moins dans l'équivoque de la zone ni vie ni mort où se meut l'écriture, il n'y ait pas d'esprit en dehors de cette lettre à quoi il fait expressément allusion.

Vade-mecum (« Viens avec moi ! ») et cette autre expression française empruntée au latin, *memento* (« Souviens-toi ! »), sont des termes que j'apprécie fort : brèves formules parfaitement adéquates pour rendre l'alléchante notion de l'objet moins volumineux qu'un nécessaire de voyage mais qui contient tout l'indispensable malgré son faible gabarit et m'apparaît comme quelque chose d'analogue au compendium de toute science que vise à être le *Petit Larousse*, à mon sens livre idéal pour naufragé doté d'un seul livre dans son île déserte, et viatique imprimé que celui qui croit à une survie se devrait de symboliquement déposer dans la tombe receleuse des restes de quiconque à qui il voulait du bien. Ainsi ce *Glossaire*..., où j'aimerais que soit enfermé, cadenassé, toujours à ma disposition et aisément portable, tout ce que je crois devoir penser et, emblématiquement, tout ce que représente à mes yeux l'art littéraire, dont l'art poétique – plus centré sur les mots et plus vocal en même temps que rhétoriquement plus ouvert à l'image – n'est qu'un cas particulier, n'en déplaise à ceux des tenants de la poésie qui la voudraient, sinon tombée du ciel, du moins montée d'incroyables abysses.

Si, glanant à travers les champs de la langue, j'engage dans des mariages, marivaudages et manèges variés les mots que j'ai maraudés (m'appropriant comme au hasard d'un vagabondage ceux qui me tentaient par leur couleur, leur odeur ou toute autre propriété, voire leur seule aptitude à entrer dans le jeu, et les faisant eux et d'autres se héler, s'entrechoquer, se mêler et parfois s'opposer, au gré des atomes crochus de leur structure et de leur signification, le sens, le son ainsi qu'éventuellement l'aspect pour l'œil de ces mots trophées devant finalement avoir l'air de se répondre avec exactitude, indice éloquent de leur bien-fondé et, partant, de leur nature de signes véridiques, non gratuits mais à forme aussitôt parlante comme il le faudrait pour tous les mots), c'est une façon non point d'éliminer autant qu'il se peut idées ou sentiments – qui, dans la littérature traditionnelle, se tiennent entre l'auteur et ses mots – mais de les récuser en tant qu'intermédiaires qui font écran. Certes idées et sentiments ne seront pas absents, mais la chose se passera comme s'ils ne venaient qu'après, dérivant des mots qui, catégoriquement soustraits à leur habituelle vassalité, auront – j'espère – plus de densité sémantique et plus de force que lorsqu'ils dérivent, eux, de quelque idée ou sentiment qu'on se propose de traduire via prose ou via poésie.

Où, plus que dans ces jeux dérisoires (écriture en vase clos, sans plus d'impact sur le destin des gens que sur la marche du monde et devenue ma routine, voire l'un de mes trucs de vieillard qui ruse avec la mort, mais pourtant rehaussée par mon désir d'arracher le langage à sa condition ancillaire), trouver illustration meilleure de ce qu'est le jeu littéraire, si l'on y regarde au plus près? N'est-ce pas dans la mesure où elle suppose un art de dire que la littérature existe en tant que telle et n'est-ce pas dans ces jeux-là, trafic direct avec les mots, que l'art de dire se manifeste, point nécessairement à son degré le plus haut, mais à l'état le plus pur? Exemptés de toute besogne asservissante – raconter, décrire ou exposer – et à peine poèmes car trop peu articulés, ces brefs textes dont j'aimerais que chacun soit un éclair instantanément illuminant représentent en principe mieux que tous autres ce à quoi l'écrivain de quelque exigence voudrait arriver avec chacune de ses phrases : l'évidence et l'éclat qui donnent l'impression que les mots parlent par eux-mêmes, cartes qu'il a suffi d'abattre.

Ce n'est pas à regret et par manque absolu d'un autre terme qu'à propos de mes essais de faire comme à brûle-pourpoint fulgurer la matière verbale je parle de « jeux de mots », les classant ainsi comme jeux ou produits d'un jeu : un peu distendu, « calembour » (carambolage alambiqué qui laboure ?) serait sans trop d'abus applicable à la plupart si, s'embourbant couramment dans le caca calamiteux du bas comique, il ne pouvait sans les ravaler à un rang de carambouille crassouillarde être accolé à ces bribes de textes sur quoi je persiste à parier, malgré l'écroulement d'un pan considérable de ma crédulité.

Il est sûr qu'au départ – à l'époque qu'ouvrit DÉSERT DE MAINS, premiers poèmes que j'aie publiés – je me prenais terriblement au sérieux. Me proposant d'abord pour but ultime quelque chose d'assez vague mais à quoi pourrait s'appliquer le mot d'ordre *changer la vie* (transformer en tout cas la façon dont je vivais la mienne encore à ses débuts et l'empreindre de merveilleux), j'ai pratiqué plusieurs années l'écriture avec un orgueil naïf, comme si j'avais cru que le poète, vrai magicien du langage, a le don de régénérer les choses en les introduisant dans des fictions séduisantes aussi loin que puisse aller leur noirceur et, par l'expression

136

lyrique fondée sur un déploiement effréné du *je*, d'élever à hauteur de mythe les sentiments que n'importe quel individu conscient n'a pas besoin de romantisme pour éprouver : se sentir démuni autant qu'un exilé, appréhender la mort, aimer. Toutefois, l'once de plomb dans la tête réclamée par les circonstances – tel, inaugural, mon mariage – y aidant pour beaucoup et ma soif idéaliste cessant peu à peu de m'abuser (non sans divers remous dont le récit n'éclairerait en rien la question ici à démêler, soit le prix que j'attache à un mode très particulier et communément dédaigné d'exercice de celui de mes deux métiers auquel j'aurai porté le plus d'intérêt), mon ambition première – d'ailleurs trop dans les nuées pour s'accorder avec mes exigences qui se faisaient plus concrètes à mesure que tombait ma fièvre adolescente et que je mesurais, notamment, le grand poids des réalités sociales et politiques – m'est apparue déraisonnable, de sorte qu'il me fallut quelque peu en rabattre. Sans même que ce fût un programme dûment établi, le but essentiel que – dans la ligne moins hagarde que me traçait, outre une cure psychanalytique appelée par l'excès de mon désarroi, l'ethnographie à quoi m'avaient ouvert mes graves réserves envers nos formes de civilisation et qui était devenue ma profession régulièrement rétribuée – j'assignai à la pratique de l'écriture fut alors de parvenir à une meilleure connaissance de moi-même, espoir moral autant qu'intellectuel en foi de quoi ce qui, à l'origine, avait eu un caractère touchant au sacramentel tendit à revêtir celui de réponse à un test. Cette nouvelle tactique, en vérité marche à tâtons, n'allait pas sans duplicité, car si je savais (ou espérais) que mieux me connaître me permettrait de tant soit peu changer ma vie en la maîtrisant mieux, je savais aussi que c'était en parlant de moi – de ce qui m'était malgré tout le plus proche et me concernait le plus directement – que j'avais chance de parler le mieux. Je faisais donc d'une pierre deux coups puisque, quand à mes propres yeux j'affichais une prétention hautement socratique (ce qui ressort de mon premier essai d'exploration intérieure et de revertébration, L'ÂGE D'HOMME), non seulement je me justifiais du péché de littérature mais me mettais en condition d'en produire de la meilleure.

Alors très imprécise encore, la notion de jeu, appliquée pour en marquer le manque de fondement solide à ce en quoi je me sentais engagé non seulement avec ma plume mais par cette existence où l'homme, quand il échappe aux nécessités ou à la torpeur, se joue sa pièce de théâtre, s'est profilée à mon horizon mental il y a plus de quarante ans et manifestée par le truchement du titre de cette RÈGLE DU JEU, tentative si l'on veut exploratoire de décrire un large éventail d'expériences vécues sur des plans divers et de les rapprocher significativement, entreprise dans laquelle je n'aurais peut-être pas eu le cœur de m'embarquer si j'avais prévu que son élaboration, énorme travail compte tenu de ma paresse native et de mon peu de prolificité, me coûterait tant d'années que, même si j'avais triomphé des embûches et découvert la règle susceptible de m'orienter humainement et littérairement, je n'aurais autant dire pas eu loisir de la mettre en pratique. *La Règle du jeu* : dont les quatre tomes, si longs à rédiger que leur établissement m'occupa depuis les approches de l'âge mûr jusqu'à un point déjà avancé de ma vieillesse, illustrent à merveille cette ironie : avoir prétendu écrire pour arriver à mieux vivre et n'avoir au bout du compte mené à peu près rien d'autre qu'une vie d'écrivain. Force m'a donc été de reconnaître que mes buts successifs (*changer la vie* comme le veut le slogan rimbaldien, guérir ma vie de ses infirmités en me connaissant mieux, dégager comme un incroyable diamant la règle qui serait outil pour mon travail et arme pour ma vie) n'avaient été que des essais de justifier à tout prix ma prédilection impénitente pour cette activité à laquelle on peut aimer follement s'adonner sans y chercher autre chose que le plaisir immédiat de s'y consacrer et d'en affronter les aléas, bref pour ce jeu à quoi je joue en une interminable partie : écrire.

Pour celui que cette passion possède, un suspense est là chaque fois qu'il s'y voue et — si ardent soit mon désir, quand je travaille, de jeter sur le tapis une carte médusante dont rien ne saurait modifier la couleur —

j'aimerais qu'on sente ce suspense dans tout ce qui, alors vivant encore et pas nécessairement au bout de ses métamorphoses, a été écrit de ma main. Ni coupure intempestive (comme dans les romans-feuilletons où, pour inciter à l'achat, on ne dénouait que dans le journal du lendemain la situation brûlante exposée dans celui du matin), ni (le principe étant de tenir en haleine jusqu'à la fin) dernières pages seulement éclaircissant l'énigme policière sur laquelle le livre est basé, ni (en dehors même de tout appel à la curiosité) narration assez finement menée pour qu'à chaque moment le lecteur se demande vers quoi elle inclinera, aucune de ces façons – grossières ou subtiles – de traiter un récit n'est en cause dans le suspense auquel je me réfère et qu'engendre cette question que je me pose à moi sans tellement songer à celui qui me lira : ce que j'ai à dire, est-ce que je le dis comme il faut, avec les mots aptes à me faire comprendre, et en débouchant à tout le moins – si la chance jointe à ce que j'ai de savoir-faire le permet – sur ce qu'en jargon mathématique on nommerait « solution élégante » ? Ou est-ce que, me fourvoyant, je gâche tout ? Question objectivement futile mais subjectivement lancinante, impliquant une incertitude qui procure une émotion ambiguë, comparable (il me semble) à celle de l'amateur de jeux de hasard à l'instant – quasi mortel car presque hors du temps – où, à la roulette par exemple, la bille est pour s'arrêter dans la case rouge ou noire, paire ou impaire, qui le fera gagnant ou perdant. Pas de plaisir d'écrire si, sachant d'avance ce que l'on a à dire et n'ayant pas à inventer la manière de le dire, on procède à coup sûr. Et du reste, dans la sphère plus large du pur sentiment, peut-on concevoir un amour auquel, depuis A jusqu'à Z, serait étranger tout esprit d'aventure et qui représenterait, pour notre assouvissement, un placement de père de famille? Inquiétude, affres, tourments, nul besoin d'être enclin au masochisme pour qu'un pareil malaise – se sentir ainsi suspendu – rehausse, comme par nature, ce que nous apporte de précieux l'être ou la chose que nous aimons.

Suspense? Ça vous suce à la panse, séquence d'attente (impatiente ou craintive) s'ouvrant à tous soupçons, suppositions, supputations avant – fin du sursis – le saut hors du problème qui seul sollicitait votre esprit durant ce laps où, fermé à tout ce qui n'était pas le sortilège qui l'obsédait, il se trouvait sourdement saisi par une manière de mort. Sans doute est-ce quand, au lieu d'assujettir mes mots à mes pensées, je cherche à quoi le corps de l'un de ces mots, dont le sens qu'il incarne usuellement serait l'âme, peut faire penser – penser à travers d'autres mots qui, nés du premier, associent leurs corps à partir de détails similaires et par cette entremise lient leurs âmes en une chaîne dont on ne voit pas quel pourrait être logiquement le terme – que je ressens au degré le plus haut le vertige éprouvé par le joueur, dans les temps forts de la partie qu'il livre contre un adversaire humain ou sans rien d'autre à braver que le destin. Si, pour les timorés de ma sorte, l'acte d'écrire implique toujours un gros aléa, cette impression d'affronter le hasard a le plus d'évidence lorsque, parlant comme dans un autre monde, j'édifie ces frêles combinaisons basées sur un mot élu et qui, pas même organisées en phrases orthodoxes, s'avèrent problématiques à l'extrême. Oserai-je dire qu'en l'occurrence c'est proprement un *jeu d'enfer* – où sur l'instant il me semble que quelque chose comme mon salut est engagé – qui me capte dans ses rets, moi qui n'ai rien d'un flambeur...

Pour peu qu'un mot résiste quelque temps à mon essai de le pénétrer jusqu'à la moelle et d'exposer au grand jour ce que je découvre des virtualités que sa forme recèle, une anxiété persistante me poigne : guère de cesse que je ne sois venu à bout du mot rétif, le tournant, retournant, dépiautant, dépeçant et soumettant à une série de manœuvres qui, parfois, ne vont pas sans coup de pouce voire tricherie (récuser par exemple, au lieu de m'y plier, la dictée qui me vient des sons dont le mot se compose mais qui serait contraire à mes idées et admettre en ses lieux et place une interprétation tirée par les cheveux allant quant au contenu dans la direction que je crois juste). Ce qui pour moi est mettre dans le mille ou gagner le gros lot quand je m'attaque ainsi à un mot quel qu'il soit, c'est d'en extraire, grâce à une manipulation simple comme bonjour, une sorte d'adage à la fois lourd de sens et si strictement déduit de la teneur syllabique de ce mot qu'il paraît atteindre – succès trop rare – à une vérité que, bien qu'inattendue, on ne songerait pas plus à contester que celles attribuées communément à la sagesse des nations.

/ Ma fierté à cet égard est d'avoir trouvé, autrefois, la définition

total – le totem de Tantale

que quelqu'un qui avait laissé entendre dans un poème que son nom rime avec « universel » et dont un écrit posthume révéla qu'il avait usé systématiquement du calembour comme d'un moteur de création, Raymond Roussel (source de rayons réels, ma roue, mon sel, mon aile), il est vrai indulgent pour moi en souvenir de mon père et de leur franche amitié, voulut bien apprécier, comme il m'en fit part en m'accusant réception de ce premier *Glossaire*... auquel j'ajoute aujourd'hui un supplément./

Le roi et son bouffon, la grandeur romaine et ses saturnales, l'Église catholique et sa fête des fous. A tout pouvoir, pourrait-on dire, sa caricature ou son carnaval. Au caractère suprêmement poétique, presque sacré, que malgré mon scepticisme croissant je continue de prêter aux espèces de sentences que je voudrais être parvenu plus souvent à forger ou à recueillir comme une manne, s'oppose donc, d'une manière que j'estime naturelle, le côté terre à terre des quelques jeux de mots gros et bêtes qui, venus d'un trait, se sont imposés par leur évidence et, sans que je l'eusse prémédité, se trouvent semés ici et là, nulle censure ne m'ayant intimé de les bannir. Cela, bien entendu, s'accorde avec mon goût du contraste romantique (mariage du rire et des larmes, du grotesque et du sublime comme, sur la piste d'un cirque, l'action en tandem de l'auguste et du clown blanc) mais je crois plus précisément que c'était la hauteur même de mon ambition qui appelait des chutes dans la trivialité, mon plaisir étant alors de me livrer — façon de mettre les pieds dans le plat — à des plaisanteries du niveau almanach Vermot, si ce n'est à des pitreries de chienlit, pour dépouiller de tout halo religieux cette langue de la mort que ma visée certaine mais certainement obscure était de créer, par des moyens voisins de ceux de la musique.

Pour me donner ma fête des fous avec ces notes farces ponctuant un ensemble qu'elles achevaient de préserver du *ton noble*, je n'ai pas attendu que, pratiquée d'abord comme une sorte de rite (sacrifier à un mécanisme dont sans beaucoup m'y forcer je croyais qu'il me conduirait à des pensées profondes, restituer au langage un éclat que l'emploi quotidien ternit), mon activité quasi glossolalique me soit apparue comme rien de plus qu'un jeu (non certes simple passe-temps genre mots croisés, mais façon de se dépenser que justifie moins la valeur du but qu'on espère atteindre que la chaude sensation d'être tendu de tout son être vers cette atteinte). Sans doute est-ce à la manière dont un rite devient jeu au cours des temps — la croyance s'éteignant, mais la mimique survivant en raison de la joie directe trouvée dans son accomplissement — que mon désir d'ébaucher les linéaments d'un langage moins arbitraire (si tant est que de bonne foi j'aie jamais cherché ainsi à pourvoir, symboliquement, le monde d'un peu de l'ordre qui lui manque) a de plus en plus cédé le pas au plaisir de déranger le langage tel qu'il est ou, moins insolemment peut-être, à celui d'établir un nouveau type de rapports entre les mots. Cela étant, c'est dès l'origine que je me suis plu à laisser surgir parfois, sous une forme plus ou moins comique, un élément de dérision, dans ce dictionnaire dont le projet même était une marque entre autres de l'esprit violemment antiacadémique dont nous étions animés, mes compagnons surréalistes et moi. De cette soumission immédiate à ce protocole irréfléchi, l'alternance actes d'abandon fervent et actes de rupture, sans doute faut-il déduire qu'il y a lieu de compter parmi mes ressorts mentaux une ambivalence radicale envers les mots qui m'amena — et m'amènera probablement encore — tantôt à les démantibuler, les brouiller pour la joie de les brouiller et les mettre volontiers au ras du trottoir, tantôt — en des moments de chance singulière — à les investir d'un rayonnement d'oracles, procéder à ces bouleversements qui dans des cas extrêmes s'avèrent d'orientations si opposées revenant à traiter en idole à deux faces, l'une angélique et l'autre grimaçante, ce langage à la fois adoré et abhorré.

D'une part, ma défiance à l'endroit de cet instrument que l'on s'imagine manœuvrer alors que bien souvent c'est lui qui vous manœuvre, la langue qui vous est familière ne pouvant du reste manquer d'avoir une emprise sur vos pensées puisqu'elle est, pour le moins, la terre où s'enracinent celles-ci; d'autre part, l'amour que j'ai, sinon pour tous les mots, du moins pour nombre d'entre eux dont la sonorité paraît m'ouvrir des fenêtres sur un autre monde, – telles sont les deux tendances antagonistes avec lesquelles, comme écrivain, il me faut composer, tâchant d'utiliser les mots sans me laisser berner et, plus généralement, de me faire sagace au point de vue raison, sans toutefois me fermer à une sensibilité qui déborde le rationnel. Il y a là un problème que je joue, si l'on peut dire, à résoudre et c'est, j'en demeure convaincu, dans mes tripatouillages verbaux que ce jeu dont le but final est de desserrer l'étau intérieur qui m'étreint se joue avec le plus de clarté, échec ou réussite – suis-je perdant ou gagnant? motif de suspense – étant alors d'emblée vérifiable et presque certifiable selon qu'un mot apparaît justement et poétiquement traduit ou, à l'inverse, prétexte à un vain égarement. Affaire d'appréciation, je ne puis pas le nier, mais dans ce cas à partir de données moins complexes que lorsqu'il s'agit d'un morceau proprement « littéraire » pour lequel le suspense n'est même pas strictement un suspense – temps de décalage, de renvoi, de remise, infime retard qui syncope ou moment palpitant d'interrogation – puisque ne recevant jamais de réponse en bonne et due forme il reste indéfiniment suspendu, parenthèse qui ne se referme pas.

Tutto nel mundo è burla, « Tout est blague dans le monde! » Blague peut-être, mais blague à faire rire jaune... Que de mauvais tours nous joue le monde et le premier n'est-il pas cette sale farce, y avoir été introduit! Si jeu et blague il y a, cela n'empêche qu'ils sont trop souvent saumâtres et qu'on ne peut se consoler en se disant que, rien n'ayant de l'importance, ce jeu mortel qui débute avec la naissance et pour lequel si normalement l'on se met martel moral en tête est, comme tout jeu et d'ailleurs comme toutes choses, dépourvu de sérieux. Si j'arrivais à me dire que tout est blague, que rien n'existe, il va de soi que cela n'arrangerait rien : ce qui ruine ma vie, n'est-ce pas justement de savoir que passer à la non-existence est notre sort futur, à moi comme à ceux que j'aime? Et l'un de mes soucis les plus contestables mais les plus ancrés n'est-il pas de prouver bel et bien que j'existe puisque, non content de miser sur l'écriture pour que cette existence à laquelle je m'accroche en désespéré ait plus d'intensité et s'accommode tant soit peu de l'épée de Damoclès constamment suspendue au-dessus d'elle, je tiens à ce que mes écrits soient imprimés (sortis de la subjectivité du manuscrit) et diffusés (sans grasse orchestration commerciale qui en fausserait la signification, mais pourtant offerts à un public) et que, me fiant à ce moyen d'atteindre à des couleurs hautes en gamme genre héros d'opéra sans avoir à payer tragiquement de ma personne, je fais de mon jeu un spectacle qui permet ou permettra à quelques autres de me voir, fût-ce à retardement, et de se reconnaître en moi (idée propre à pallier cette sensation déprimante qui m'est coutumière, ne pas avoir une pleine réalité ou du moins être enlisé dans le non-sens)? Jouer en acteur qui, dans un cadre à peine moins conventionnel qu'un livre, donne une apparence de vie à son rôle; jouer du piano ou du violon (comme moi je joue des mots même quand je ne joue pas sur les mots); jouer au tennis ou au football, pour le plaisir, pour l'hygiène ou pour un championnat; jouer son va-tout avec l'inquiétude et l'espérance du coureur de chance qui se demande s'il sortira de là décavé ou fortune faite : aucune de ces façons de jouer qui ne soit impliquée de près ou de loin dans le jeu dont je parle. Nulle équivoque sur ce point, quoique le fond de l'histoire soit, pourquoi le cacherais-je? que je fais jouer cette notion de jeu, aux facettes si diverses, pour marquer que, revenu de l'époque où je me croyais investi d'une haute mission et acceptant de plus en plus mal de me ranger sous la bannière de l'art (notion expressément ou tacitement couronnée d'un grand A encombrant), je regarde ce travail, qui mange tant de mon temps mais n'a guère de portée extérieure à moi ou à ceux qui me ressemblent, comme plus proche de la gratuité que de la nécessité, choisi qu'il est en toute indépendance pour la joie égoïste que je tire d'une telle pratique et, autant dire en tranchant le fil, *parce que* (suivant la sèche formule souvent opposée au *pourquoi?* d'un enfant qui n'a plus qu'à clore son bec), choix donc assez personnel pour n'avoir pas à être expliqué et non réponse à une belle idée d'intervention qui devrait sa pertinence à son attrait excitant à quelque égard pour les autres ou à son utilité.

Des mots, des mots, des mots. Du jeu, du jeu, du jeu. Ce jeu-là, il est vrai, ne va pas aujourd'hui sans nostalgie, sans regret du temps où c'était bien autre chose qu'une occupation par elle-même attractive que j'y voyais, dans un élan qui me portait à compter sur le langage pour me livrer des vérités inouïes et à le traiter en entité presque divine que mon adoration (le fait même que j'attendais de cet objet de ma dilection beaucoup plus qu'il ne peut donner) me conduisait à malmener parfois, avec une impatience rageuse du même ordre que celle de ces bons ou mauvais sauvages dont on a raconté qu'ils n'hésitent pas à battre leur idole quand elle semble se refuser à satisfaire leur demande. Déjà, si fortes qu'en sous-main restent mes résistances, les termites de la démystification sont allés assez loin en besogne pour que l'envie me prenne d'abandonner tout à fait une partie qui, de plus en plus mécanisée et vidée de substance, ne me mobilise plus guère que pour une sorte de gymnastique mentale sempiternellement répétée et virant à l'obsession. Rite, jeu, tic : ainsi s'est opéré ce qui, au stade final, s'avère dégénérescence et symbole d'un naufrage qui pourrait motiver le lancer d'un S.O.S., si je savais quelle forme cet appel devrait revêtir pour avoir chance de recevoir une réponse efficace, en admettant qu'un secours quel qu'il soit puisse m'être apporté de l'extérieur. C'est en moi que tout se passe et c'est donc à moi de boucher la voie d'eau, par les moyens du bord c'est le cas de le dire.

Minimiser n'avance en rien et peut-être tout au contraire. N'est-il pas piteux et, à ce titre, déprimant d'avoir à regarder comme vétille, épisode d'une comédie sans importance, une passion qui vous rend malheureux ? Que l'écriture – mon recours – se trouve, à travers ces jeux de mots où il m'a semblé en éprouver le plus expressément la transe mais qui ne me font plus illusion à aucun égard, amenuisée jusqu'à n'être que bagatelle qui ne m'apporte plus qu'un plaisir presque nul quand je ne m'irrite pas du pli pris qui fait que j'y sacrifie, cela revient en fin de compte à la ruine d'une croyance que la vie de mon esprit avait pour axe de sorte que, privé intellectuellement de tout nerf, je nage en pleine inanité. Mais pourquoi cet autre tic, minimiser à tout prix, comme selon une vieille routine je le fais ici à mon grand dam, un dénuement des plus inconfortables résultant de cette réduction systématique opérée par crainte de tomber dans l'inverse, une inflation genre grenouille qui se veut aussi grosse que le bœuf ou geai qui se pare des plumes du paon?

Minimiser, c'est trop peu dire car, si j'essaie froidement de me dessiller et de ramener les choses à leur juste échelle, il m'apparaît que me réclamer du jeu comme je viens de le faire plutôt que de l'art comme il serait naturel équivaut à ni plus ni moins qu'amputer ce qui constitue mon activité d'élection de plusieurs éléments essentiels, plus-que-surplus qu'avec une humeur méchante je me suis refusé à prendre en compte. Dans un jeu, individuel ou en équipe, on cherche seulement à gagner, sans viser à quelque chose qui dépasse la performance. Dans un art, il y a certes une part de jeu mais aussi un triple élan : vers le monde, dont il s'agit (que le protagoniste sache ou non qu'un tel rôle lui incombe) de saisir – soit en bloc soit à partir d'un détail qui peut être aussi bien parcelle de décor qu'action réelle ou fictive dont ce même monde est ou serait le théâtre – la façon dont ce milieu où nous baignons tous affecte une sensibilité particulière, qui adhère, se cabre voire récuse sans appel; vers d'autres humains, par qui l'un de leurs semblables paraît vouloir faire intimement partager ce qu'il a ressenti ou pensé; vers l'avenir, vu que tout art – du moins s'il est de ceux qui donnent des produits durables (livre, tableau, composition musicale ou n'importe quelle œuvre qui, admettant une distance éventuellement considérable entre le temps où son auteur l'engendre et celui où quelqu'un l'appréhende, se situe là où pour exercer son empire l'acte n'a pas à être en train de s'accomplir) – possède un caractère il va de soi point éternel mais sans commune mesure avec ce que le jeu a de mobile, d'instable et d'éphémère, encore que les procédés modernes d'enregistrement permettent de garder la trace de maintes manifestations qui indubitablement sont du domaine du jeu (match de tennis ou autre compétition sportive) et à qui un semblant de survie est ainsi assuré, comme il peut l'être par ailleurs à une représentation d'œuvre lyrique ou autre, et comme il l'était à ce *one man show* avec pseudo-mort à la fin qui me plut tant quand j'y assistai rétrospectivement par l'entremise du petit écran, bien que je ne sois pas, loin de là, un *fan* de la télévision.

Ce fil auquel après m'y être accroché je n'ai pas eu la force de me retenir comme si, fatigué à peine à pied d'œuvre et ne pouvant plus se concentrer sur un thème assez longtemps pour l'épuiser, mon esprit en débandade s'était prêté, par incapacité de suivre une ligne droite, à une avance au coup par coup et presque à l'aveuglette coupée de pauvres *concetti*, ce fil couleur de feu – *mon* feu dont, puisque telle est ma passion, je n'ai pas à me soucier de savoir si c'est pour un art ou pour un jeu qu'il a commencé de brûler dès ma jeunesse et – regain de flamme – brûle en particulier depuis qu'à Florence je me suis embarqué dans la rédaction de ces pages, variété moins terre à terre d'art ménager (mettre en moi un peu d'ordre) ou sport en chambre n'exigeant aucun effort autre que des méninges, je dois une bonne fois le rattraper et ne plus le lâcher, au lieu de me conduire en écolier distrait qui n'a pas besoin d'entendre le vol d'une mouche pour se détourner de sa tâche et s'abandonner aux méandres de la rêvasserie. Renoncer à mes livres, sinon en tenant pour nuls et non avenus ceux qui existent déjà, du moins en cessant d'en accroître la liste (au demeurant discrète) car ce retour au silence serait clore, tenir la course pour courue et m'enfoncer dans une espèce de mort, il est bien entendu que – sauf circonstances dont je ne parviendrais pas à supporter la tragique intrusion et qui pèseraient sur moi au point de faire de moi, privé désespérément de voix et n'ayant plus qu'à rester coi, un renégat total – je ne m'y résignerai pas. Mais renoncer à mes vieilles jongleries maniaques sur les mots à la façon dont je m'imposerais une cure de désintoxication, ça n'est pas la même chose. À ces jongleries que j'ai prisées si fort, un élément dont l'absence équivaut à une mutilation ne fait-il pas défaut? Leur brièveté d'éclair, que j'ai vantée mais qui fait – grave revers de médaille – qu'elles ne sont presque toujours qu'ébauches, indications vagues, laisse sur leur

153

soif auteur et lecteur, pour qui le concert est fini avant même que quoi que ce soit de transportant ou de simplement attachant ait eu loisir de faire se lover son chant. À un tel type d'écriture – en stalactites et stalagmites que rien ne saurait émousser, mais qui jamais ne condescendent à se rejoindre –, ce qui manque, n'est-ce pas l'envergure de conception qui permet non seulement à des mots de se combiner organiquement en une phrase où chacun aura sa juste place mais à une phrase d'attirer comme par aimantation une autre phrase qui la prolongera ou introduira à une nouvelle séquence, ainsi s'engendrant une mélodie susceptible de captiver par ses fluctuations? Comment, s'il en est ainsi, un amoureux de la parole se satisferait-il d'une manipulation qui, action menée au niveau d'un flirt n'allant que par accident jusqu'à l'étreinte, demeure badinage et ne procure jamais que des extases à la sauvette!

Qu'il y a là une immense lacune, un peu de réflexion a suffi pour m'en convaincre et c'est un acquis sur lequel il n'y a pas à revenir. Il me faut cependant tâcher de redresser la barre sur un autre point, plus important, qui touche le sens même de mon activité de prédilection : toute question de stylistique mise à part, je dois faire les réserves les plus expresses quant au rôle que j'assignais naguère encore à la pratique de l'écriture poétique en général, un rôle somme toute curatif puisque j'y voyais essentiellement un moyen de lever l'angoisse et de faire meilleur ménage avec l'idée de la mort. N'est-ce pas sottise et lâcheté que d'attendre de cette pratique qu'elle soit une sorte de médecine quand on sait qu'elle est souvent liée à une malédiction et que, serait-il osé de prétendre que *les chants désespérés sont les chants les plus beaux*, ses prodiges et prestiges n'ont arrangé les choses ni pour Nerval, ni pour Rimbaud, ni pour Roussel, ni pour Artaud (si je ne cite que ces hommes de ma langue dont les faits et gestes ont prouvé que la poésie n'est pas une panacée et qu'il n'y a pas à compter sur elle comme, pour atténuer l'anxiété, on compterait sur un tranquillisant)? Fini donc le beau temps où, dans un sommeil plus ouvert que mes sommeils opaques de maintenant, je pouvais subir l'envoûtement de ce rêve que j'ai déjà raconté et publié – comme je l'ai fait pour tant d'autres de ces incursions sans tambour ni trompette dans un monde dérangé – et qui, invention aussi légère qu'un air mi-sentimental mi-guilleret de *musical comedy*, montrait, par le biais d'un chagrin guéri, quelle valeur consolatrice j'attribuais à la poésie :

sur une plage de film américain (Palm Beach ou autre) qui en ces années 20 ne connaît ni ski nautique ni planche à voile et qui, mer et sable, a pour charme le plus grand celui de ses baigneuses à la Mac Sennett, une brillante nageuse qui est mon amie de cœur, Nadia, veut m'effrayer et mesurer mon attachement en feignant de se noyer. Mais c'est son corps sans vie que

155

l'on repêche, gros chagrin pour moi que dissipera pourtant le jeu de mots

Nadia, naïade noyée

porteur d'une explication (mon amie vouée, par son nom même, à la noyade autant qu'à la natation) et d'une consolation (ce bel équilibre de structure qui efface le contenu funèbre de la formule). En résumé : dans un cadre bien de l'époque, exactement les *happy twenties* qui plutôt que « Nadia » auraient dû suggérer « Diana » comme nom de la sirène accidentée, et dans une ambiance de grandes vacances – de ces vacances où, hors calendrier, l'on retrouve toute la légèreté de l'enfance avant qu'à cette période qui semble alors ouverte à toutes possibilités de miracle succède, quand notre vieillesse en a éteint la magie, une vacance étroitement conforme à l'étymologie, autrement dit un entracte, une pause, une béance dont, sous peine de sombrer faute de l'anesthésie relative qu'apportent les occupations de routine, il faut comme on le peut combler le vide –, dans le climat heureux de cette parenthèse que l'âge dépouille peu à peu de son merveilleux un jeu qui tourne mal, ce que réparera un autre jeu, le jeu de mots qui réduira la catastrophe à une vétille. Nadia : Vénus marine surgie d'une conque que nulle vague n'avait façonnée, figure qui n'avait pour modèle aucune femme – russe ou non – que j'eusse rencontrée et qui, sans visage défini, n'existait que par le chatoiement de son nom, née qu'elle était sans le moindre

156

doute du jeu de mots centré sur « naïade », des mêmes eaux que « noyade », cette infime concrétion verbale servant de point d'appui à mon imagination (telles les moralités qui en principe couronnent mais en fait sont la base de ces fables-express dont autrefois comme bien des adolescents j'étais fier de savoir savourer le sel) et constituant – au rebours du cours suivi par un récit dont, l'anecdote émergeant seule, restait masquée l'origine due au pouvoir que les jeux de mots, incapables de changer la vie et d'abolir la mort, ont de mettre l'esprit en branle – le germe de tout ce rêve, illustration spontanément théâtrale du rudiment de phrase venu je ne sais d'où et tiré comme d'instinct vers un pathétique (cette peine éprouvée puis effacée) que n'impliquait pas sa teneur de froide équation. Diana : fille dont, si j'étais doué pour écrire un roman (façon concertée et plus durable de rêver) et si autour de sa silhouette j'essayais d'en bâtir un en paraphrasant très librement l'anecdote autrefois forgée dans mon sommeil, je ferais une blonde gentille et gaie, dotée – touche suggérant qu'une certaine gravité sensuelle l'habite en son tréfonds – de cette voix aux inflexions un peu rauques qui, quelques années après le déroulement du petit drame imaginaire que prenant avec lui mes distances je pourrais intituler *l'Espièglerie punie* ou *la Douleur vite apaisée*, me séduisit tellement chez maintes actrices hollywoodiennes quand je les vis et entendis dans les premiers *talkies*.

La poésie remédie à tout. Telle est, en profondeur, la vraie moralité de la souriante et mélancolique fable-express que la nuit m'avait dictée, histoire qui ne va pas sans ironie (cette cure mirobolante d'où il ressort en fin de compte que je n'ai qu'un cœur de papier) mais d'où, ne m'en tenant pas à la lettre et la dénudant jusqu'à l'os, je crois pouvoir conclure qu'âme trop mal trempée pour aimer la poésie rien qu'en elle-même, je ne pouvais me borner à la recevoir mais cherchais, sans toujours m'en rendre compte, à l'affubler d'un vêtement d'utilité. Lui demander, à défaut d'une réfection réelle du monde, la guérison du mal intérieur qui vous ronge, c'est de toute façon faire d'elle un auxiliaire et donc la rabaisser (lui attribuerait-on une haute fonction métaphysique) alors qu'elle devrait être traitée, par quiconque affirme être son tenant passionné, en beauté si ensorcelante qu'elle peut entrer partout sans avoir à justifier sa présence.

Justifier, trouver dans la rationalisation (gage de sérieux) une excuse à ce que je suis, voilà l'une de mes tendances constantes, et l'une des pires car elle témoigne de ma timidité, de ma propension à me conduire en accusé qui a besoin d'un plaidoyer fût-ce vis-à-vis de lui-même. Changer en foi dûment fondée ce qui me porte vers quelque chose qui, affaire de bon plaisir plutôt que de choix réfléchi, est pour moi un *hobby* que je n'ai pas le courage d'accepter pour ce qu'il est, ce mouvement auquel ici je ne résiste qu'avec peine et qui me fait ajuster tant bien que mal des idées pour me trouver un support autant que pour montrer à qui serait tenté de me prendre pour un étourdi que j'ai la tête plantée bien droit sur les épaules, ne dérive-t-il pas tout le premier du désir pressant de me rasséréner un peu, en bouchant avec des arguments qui comme tels font pièce à l'arbitraire un trou au fond duquel l'absurde ondule comme une pieuvre? Moi qui prétends regarder les choses en face, je dois tenir mon amour de la poésie pour ce qu'il est et ne pas m'inquiéter de savoir si je suis logiquement fondé à faire de celle-ci le grand cas que j'en fais. Un amant n'a pas à se demander si la passion dans laquelle, entier, il se jette rime à quelque chose ou ne rime à rien. Donc, si j'aime la poésie, peu importe qu'elle soit ou non un recours contre les coups qui nous secouent au cours de notre court parcours et une thérapeutique contre la crainte de la mort. Peu importe même qu'elle ait un sens autre que la joie particulière qu'elle nous dispense : s'il advient qu'elle nous découvre ce qu'aucune autre voie ne nous eût conduit à toucher, cela n'advient que par chance et l'on ne saurait, sans risquer fort de l'étouffer en entravant son libre jeu, lui assigner une fonction d'agent secret chargé d'élucider les mystères que n'élucident pas les pourvoyeurs patentés de connaissance. Qu'on la poursuive dans une attaque directe des mots ou en passant par ce que le monde nous offre, c'est bonnet blanc et blanc bonnet : inutile comme la beauté, elle déroge et perd de son pouvoir de subjuguer si, par force, elle est pliée à un métier, fût-il le plus honorable. Profession pour profession, n'est-ce pas celle – réputée l'instabilité même – de putain (de haut vol, il s'entend) qui conviendrait à la poésie plutôt que celles de pédant, de détective ou de sœur de charité, toutes trois sans sorcellerie?

Tour à tour hautaine, bonne fille, élégiaque, blagueuse, revêche, tendre, mesquine, généreuse, butée, ouverte, cavalière, précieuse, sentimentale, cynique, bavarde, nonchalante, fougueuse, désenchantée, vorace, excédée, dionysiaque, renfrognée, esbrouffeuse, patte de velours, bec et ongles, horripilante et charmeresse, Aspasie chère aux philosophes, *Traviata* mourante, Rosanette primesautière, Giulietta cruelle au Hoffmann des *Contes d'Hoffmann*, AURORA ma scintillante déité, et d'autres femmes encore depuis la plus douce jusqu'à la plus dure voire la plus révoltée, la poésie – vraie courtisane et *star* aux avatars multiples – a ses caprices et ses humeurs, inextricablement mêlés à ses manèges de coquetterie. Que je la poursuive à travers la concision du jeu de mots ou le chant dont j'aimerais que ma phrase, même si elle n'atteint pas au diapason du *grand ton, éternel et cosmopolite* dont a parlé Baudelaire et que je présume sans enflure mais s'imposant avec l'autorité d'une rumeur océanique, vibre toujours à moins que, tatillon ou rageur, je ne me plaise à la briser, cela ne change rien à ce qui gît au fond du sac à malices ; la poésie ne me sourira que si elle le veut bien.

Amoureux transi, amant prêt à cueillir les astres, héros de la plume pensant que pour séduire la belle plus belle que toute *prima donna*, il doit prendre des risques dont ceux que court le *matador* sont le symbole, adorateur fervent cherchant partout où il croit qu'il peut en exister les moindres traces du phénix à qui il voue un culte, ces personnages que j'ai successivement incarnés appartiennent maintenant au passé. Mais le fait est que je reste lié à la poésie comme on peut l'être à une femme qui, sainte ou gueuse, vous traîne derrière elle comme un enfant cramponné à sa jupe.

Piailleries et trépignements, coupés de quelques éclats de rire et alternant avec de rares moments de détente heureuse : aperçu à peine caricatural, sinon de ma vie vivante, du moins de celle d'ici qui a pour sang l'encre de mon stylo et – sans prétendre à l'exhaustivité d'un bilan ou à la dignité bientôt fantomatique d'un testament – tend de fil en aiguille à devenir le résumé de toute ma vie écrite. Une vie qui m'apparaît un peu comme à Faust sur le point d'être emporté par le diable la sienne devait apparaître et que je vois s'étendre depuis mes vieilles tentatives pas encore expressément surréalistes jusqu'à mes investigations à prétexte psychologique, en passant par l'hybride expérimental (parler d'à peu près tout ce qui m'était donné soit du dehors soit du dedans de moi) que représente le journal que j'ai scrupuleusement tenu il y a plus de cinquante ans alors que, de l'Atlantique à la mer Rouge, je traversais l'Afrique...

Cette vie dans et par l'écriture est à la fois vie privée (menée presque toujours entre les quatre murs de la chambre, quelle qu'elle soit, où j'écris) et vie publique (manifestée par des livres qui, même s'ils attirent peu le chaland, sont des articles de commerce, des produits de consommation pour des gens que j'ose croire extérieurs en majorité au cercle de mes amis). Si je ne songeais pas au caractère public que revêt tôt ou tard – la règle du jeu l'implique – tout écrit littéraire, pourquoi ne pousserais-je pas l'expression, que je veux personnelle autant qu'il se peut, jusqu'à un charabia auquel personne en dehors de moi ne pourrait comprendre goutte? Ce que j'écris pour moi, de façon résolument subjective et qui sera ma chose bien à moi, à moi qu'en fait on dit très difficile à traduire, obstacle de plus à mon désir d'être une sorte d'apatride pour qui les différences de parler ne seraient pas des barrières, ces textes doivent – l'articulation en fût-elle aussi peu logique que dans mes simili-articles de dictionnaire ou, autre exemple, dans tel de mes poèmes en alinéas capricieux – être écrits aussi pour autrui, partenaire sans identité définie qui peut être soit d'aujourd'hui soit d'une époque future et qui, je l'espère, reconnaîtra mes paroles comme émanées de quelqu'un qu'il peut tenir pour un semblable dans la masse nombreuse des *homo sapiens* dont il est l'un et constatera que ce quelqu'un, qui n'est pas nécessairement son contemporain mais est présent dans sa lecture présente, lui fait sentir, grâce à un usage fortement éclairant ou suggestif de l'instrument proprement humain qu'est le langage, que – vivant ou marmorisé par la mort – il existe avec acuité.

Gloire immortelle de nos aïeux chantent les soldats de retour de la guerre au quatrième acte du *Faust* de Gounod. L'entrée dans l'immortalité d'un poète suicidé, c'est ce que montrait le « ballet de la Gloire » dans la pièce de théâtre tirée de *Locus Solus*, le roman de Raymond Roussel. Ce à quoi j'aspire et voudrais être assuré d'atteindre, ce n'est pas à l'immortalité, d'ailleurs toute relative, du grand auteur, héros de lettres qui survit par son nom que l'écolier peut lire dans ses livres de classe. Orgueil peut-être mais surtout envie de me sentir épaulé et besoin presque physique de croire (moi incroyant) que j'échapperai au sort qui veut qu'un être humain finisse par disparaître sans laisser de trace appréciable, j'aimerais toucher suffisamment quelques lecteurs inconnus (actuels ou à venir) pour que tout au fond d'eux-mêmes ils soient saisis par l'impression que nous parlons la même langue, que nous nous comprenons à mi-mot et même qu'entre nous il est nombre de choses qui vont sans dire, en d'autres termes qu'ils aient sans chercher plus avant le sentiment qu'à un niveau plus profond que celui de la pure concordance des idées une complicité s'est établie entre eux et moi (défunt ou encore de ce monde) – illusion certaine mais dénotant, de présent à absent qui vif ou mort n'existe que dans ses mots, une vraie inclination, chose impondérable et aussi étrangère à la logique que tout élan du cœur dont nous subissons l'emprise sans avoir à nous l'expliquer par un discours en trois points. N'est-ce pas, toutefois, dès la première donne que la carte funeste fait partie de mon jeu puisque, sans le moindre calcul quant à ce qui suivra, j'écris pour me transporter – fût-ce par le seul moyen de la langue peu ou prou marginale que j'emploie – dans un monde qui, décollé de celui où notre corps se meut, participe de la mort et laisser une goutte de ténèbre se mêler à ses couleurs même les plus vives ou les plus gaies bien avant que le fait de publier m'amène à me poser cette question entre autres : qu'est-ce que j'attends – ou n'attends pas – de la postérité?

Décrocher la timbale, gagner le coquetier : expressions familières dont le caractère non protocolaire cadre avec la nature de ce que j'espère quand je publie une chose que j'ai écrite et qui n'est pas un texte de circonstance. Non certes un succès du type *best seller* voire une « gloire » analogue toutes proportions gardées à celle par le sceau de laquelle Roussel se sentait marqué et dont la non-reconnaissance fit souffrir mille morts à cet affamé candide qui un certain temps s'affligea (m'a-t-on dit) de ne pas figurer dans l'album de célé-

164

brités alors édité par le Vin Mariani, mais une adhésion intime, et comme viscérale, de quelques lecteurs d'aujourd'hui ou de plus tard, acquis à mes livres plus spécialement qu'à d'autres auxquels ils ne laisseront pas d'assigner un rang plus élevé dans la hiérarchie des lettres sans, toutefois, leur accorder comme je voudrais qu'ils le fassent aux miens – et du même coup à moi, puisque trop souvent c'est moi que j'y raconte en usant, malice cousue de fil blanc, d'un éclairage et d'accessoires de scène propres à me faire affectueusement pardonner d'être ce que je suis – le privilège, indépendant de tout palmarès, qu'on appelle cote d'amour.

Écrire et publier, offrir à une masse indistincte et qui dans mon cas ne semble pas devoir atteindre un grand volume ce qu'on a d'abord fait pour soi, dans le silence et en dehors de toute publicité, cela doit-il être regardé comme deux moments de l'acte littéraire assez distants et différents pour que ce problème se trouve soulevé : seul stade de création si tant est que la chance nous serve, le premier de ces moments ne suffit-il pas et passer au second (tenter de faire reconnaître qu'on a eu cette chance et ne pas dédaigner de la monnayer) n'est-ce pas seulement vanité ou recherche, au demeurant légitime, de rétribution pour le travail accompli? Je n'en crois rien, pensant au contraire que – du moins chez l'écrivain authentiquement mordu pour son métier – le lecteur, sans qu'il

s'agisse de lui plaire à tout prix, est présent discrètement dès l'instant où la plume commence à noircir la
page. Aussi peu aligné qu'on se veuille et même, pour
ce qui me concerne, dans le non-conformisme de mes
tours de passe-passe prenant figure d'articles d'un dictionnaire des mots dont en quelque sorte je fais ainsi
mon bien en n'essayant que rarement d'en imaginer
de nouveaux, l'on tient compte en effet de ce lecteur
qui, malgré tout et de quelque difficulté qu'il lui faille
triompher, doit être en mesure de vous comprendre,
ce qui fait que, bien qu'avide de traduire d'une manière
d'autant plus juste qu'elle sera moins conventionnelle
les divers mouvements de cette vie intérieure qui n'appartient qu'à celui qui la vit, l'écrivain même le plus
décidé à en donner une image exempte de toute concession, n'ira pas jusqu'à inventer, pour s'affirmer rebelle
à quelque moule que ce soit, une langue à jamais
indéchiffrable et plus hermétique encore que celle,
incroyablement hétéroclite, que Joyce a jugé bon de
forger pour le gros pavé dans la mare qui a nom
Finnegans Wake, son Walpurgis funéraire irlandais.
Pourquoi donc, si depuis l'origine un lecteur en puissance est là invisiblement, s'abstenir de soumettre l'écrit
à l'approbation ou au rejet des lecteurs réels, ces inconnus exclusivement « lecteurs » que votre vœu – le mien
du moins – est de pêcher n'importe où et qui, poussés
par nulle raison de famille ou de sociabilité, seront les
consommateurs de ce que vous avez produit ? Écrire

pour votre seule écoute ou sans briguer plus que l'audience de vos connaissances et de quelques initiés (portes si peu fermées qu'il serait sans objet de vouloir les forcer), cela vous ferait, au mieux, jouer un rôle proche de celui de péroreur de salon ou, à la limite, vous mettrait sur le même pied que le débile mental qui, proférant des mots seulement pour les proférer, parle en définitive pour ne rien dire (parler en l'absence de tout interlocuteur revenant à parler dans le vide, à parler pour parler, vaine gymnastique orale qui n'en dit guère plus que se taire et, au bruit près, en diffère peu tout compte fait).

Tentatives jamais tout à fait victorieuses pour échapper au naufrage, la plupart de mes ouvrages littéraires ont un caractère délibérément subjectif, si ce n'est narcissique. Cependant – j'y reviens comme si je devais me démontrer cette évidence – c'est tout autant pour d'autres que pour moi que je les écris : *primo*, m'exprimerais-je dans une langue parfois difficile mais toujours pénétrable si, obscurément, je ne m'ouvrais à autrui, seul motif d'employer sans trop d'écart ce langage qui nous est commun; *secundo*, prendrais-je la peine de coucher sur le papier ce qui s'agite dans ma tête si, quelque idée que j'aie et manifestement quand je veux (chose qui m'est coutumière) exposer mes raisons comme dans un procès à moi intenté, je ne m'attendais à être lu par un autre, voire relu par moi devenu regard autre sur – disons – tel fragment de

journal intime parlant d'une phase passée et maintenant presque étrangère de ma vie? À celui qui comme
moi cherche dans l'écriture une manière de salut, il
est *tertio* nécessaire de se sentir moins bouclé dans la
solitude que s'il rêvait ou divaguait, d'où le souhait
irrépressible d'une communication (établissement d'un
courant) et, mieux encore, d'un partage (participation
entière de celui qui reçoit et non simple accord abstrait)
entre le protagoniste de cette tragi-comédie, ne fût-il
plus qu'un fantôme hantant les pages qu'il a écrites,
et au moins une personne qui, hors du coup et l'esprit
non prévenu faute de quoi cette entente ne signifierait
humainement pas plus que n'a jamais signifié la connivence de deux augures, accueille sans procéder à une
évaluation. Or, quelle chance aurions-nous d'atteindre
des oreilles non préparées s'il n'y avait, sur un mode
autre que confidentiel, publication, proposition à des
lecteurs qui ne nous connaissent pas et dont nous pou-
vons donc espérer un attachement dû à l'action que,
par hasard ou presque, notre écriture aura exercée sur
eux sans que leurs jeux aient été déjà à moitié faits?
Mais combien il serait paradoxal de ne pas admettre
comme interlocuteurs valables ceux qui savent de quoi
il retourne! Si vous écrivez de façon telle que seuls des
gens rompus à ce genre d'exercice sont en mesure de
vous suivre, vous auriez mauvaise grâce à bouder votre
chance quand − réaction rassurante et sorte de main
tendue − vous êtes explicitement approuvé par un

compagnon de route ou quelqu'un qui appartient au cercle de ceux que l'on dit « avertis ». Faire la fine bouche et vouloir le *fan* cent pour cent innocent, surgi comme par génération spontanée, serait à n'en pas douter aussi lunaire que vouloir le merle blanc... N'empêche que vous iriez à l'encontre du mouvement vers l'autre à quoi, sans même y songer, vous obéissez quand vous écrivez si vous gardiez dans vos tiroirs ou ne montriez qu'à quelques rares élus ce qui en est résulté.

Déjouer l'angoisse qui me tient en joue, tel est l'enjeu de ce jeu auquel je ne gagnerais jamais que des joies de peu de poids si, dérivant de mon seul enjouement, il ne visait qu'à me divertir, alors que pour ne pas me voir chaque jour jugulé (voire gosier prêt à ululer), je dois, sans marchander, jeter les dés et m'y engager entier en escomptant — comme en détresse on espère entendre des paroles amies se tresser — que des cœurs étrangers au mien battront au même train que lui si, enjôlés, ils goûtent goulûment les fruits produits par mon triste terrain.

/ « Preuve par le son », comme il existe une preuve par 9, ainsi voudrais-je pouvoir étiqueter ce paragraphe où, proches du calembour, abondent assonances et allitérations et qui, plutôt que morceau de bravoure, est une séquence à laquelle, souhaitant qu'elle se pose avec la force d'un axiome, j'espère donner d'autant plus d'évidence que la construction logique y est

étroitement unie à une construction en quelque
sorte musicale, convergence qui me semble
prouver irréfutablement la justesse de ce que
j'énonce. Faire aussi spectaculairement forme
et fond s'entremêler et réagir l'un sur l'autre,
en procédant comme si le contenant était autant
ce qui détermine le contenu que ce qui, par
décret du sort dirait-on, le revêt : type d'écriture assurément particulier et tirant aisément
vers la préciosité, mais tel peut-être que c'est
là – du moins pour moi si porté à traiter le
langage en source de vérités malgré les grands
risques de tomber dans ses chausse-trapes – que
l'écriture tend le plus précisément à s'affirmer
fabricatrice de pensée et non seulement met-
teuse en scène. /

Ubuesque et fol Falstaff affalé et frigorifié après
tasse fastueusement bue dans les eaux fades et mortes
de la Tamise puis houspillé, vers les minuit, par les
faux farfadets et elfes de la forêt de Windsor, je crains
d'être non moins proche de ce polichinelle d'entre vaudeville et féerie que d'un Faust avide de totalité et dont
la gloutonnerie n'a pas pour seuls objets le vin et les
commères plus argentées que lui. Gourmand des mots,
me jetant sur eux sitôt leur odeur flairée, me les incor-
porant et prenant à peine le temps de m'en pourlécher,
mais soucieux d'établir que ce n'est pas par vulgaire
vice, j'entasse ici phrase sur phrase, corrige par sup-
pression moins volontiers que par ajout (comme s'il

m'importait d'arrondir la bedaine de mon texte),
avance, recule, me reporte à divers stades de mon passé
puis en reviens pour raisonner spécieusement et,
m'apercevant après ces manœuvres titubantes que j'ai
tourné en rond, me retrouve – moi dont la jeunesse
fut marquée par de fréquents excès bachiques et que
l'âge incline maintenant à manger avec goinfrerie –
ahuri et désemparé, à l'égal du gros soiffard dont les
manigances visant tant à satisfaire sa concupiscence
qu'à éponger sa dette d'auberge sont si aveugles que,
finalement, elles n'attirent sur lui que dérision. Écrire
– comme je le fais dans cet essai qui, traitant de ce
que mon hygiène mentale (ne pas trop croire que c'est
arrivé) me porte à regarder comme un jeu, se veut aux
antipodes de la pédanterie – pour expliquer que, mon
habitude d'écrire ne valant guère que pour moi et
n'ayant donc qu'une utilité infinitésimale, il est touchant peut-être mais presque risible que je prenne si
obstinément la peine d'écrire et cette explication, écriture dénonçant l'écriture, verre de plus qu'on boit pour
faire passer celui qu'on vient de boire, la donner en
un langage tellement biseauté qu'il voile plus qu'il ne
révèle, n'est-ce pas d'autant plus farce que cela vous a
un air sérieux? Il est certain, d'ailleurs, qu'une fois de
plus je me laisse entraîner par mon souci de justifier
ce qui n'a pas à l'être quand, me découvrant – quoique
sans panse en surplomb ni perpétuelle pépie, encore
qu'empli d'un lâche, féroce et enfantin appétit de vivre

171

— des traits précis de ressemblance avec l'indésirable client des hôtes de la Jarretière, je présente la chose comme si mon antique passion verdienne (ravivée il y a plus d'un an et demi et pied à l'étrier pour cette postface au *tempo* de rédaction écœurant de lenteur, bien qu'il n'y paraisse pas trop je le souhaite) n'était pas la cause déterminante de mon appel à ce pauvre Falstaff qui, vêtu avec force plumes et rubans témoignant d'une afféterie baroque, évoque au cours d'un rendez-vous galant, aussi nostalgiquement que moi me référant à mes premières armes et à ma jeunesse de poète, le physique de sylphe qu'il avait du temps qu'il était page chez le duc de Norfolk. Falstaff, Faust, Faustroll : le vieux bébé jouisseur, le fou de connaissance, le pataphysicien, sans doute y a-t-il en moi un peu de chacune de ces trois figures... Mais, pour matière à discussion que soit, à ne considérer que ce pantin ilotique plus que philosophal, mon degré de parenté avec le poussah vorace et lunaire que Shakespeare a fait s'agiter sur les tréteaux, je retiens que c'est en le prenant pour héros (ou antihéros) d'un opéra bouffe que Verdi, qui à ce que l'on sait acceptait mal d'avoir alors un grand âge et de voir disparaître des amis qui étaient pourtant ses cadets, a lancé — exemple encourageant — un bouquet de feu d'artifice montrant que les années accumulées étaient loin d'avoir émoussé sa verve de compositeur. Pourquoi, du reste, ne pas avouer qu'à Florence, quand la glace s'est rompue entre ma plume et moi, encore sous le charme, j'étais travaillé obscurément par l'espoir – trompeur, je crains – que le fantoche Falstaff me serait un fétiche, comme il l'avait été pour le fantastique musicien de Sant-Agata ?

> Une hostie pas plus qu'une rose
> n'empêchera la chute amère,

sentence extraite de mon plus ancien ensemble imprimé de poèmes, *Désert de mains*, dont le titre – aussi peu médité que tout ce qu'il coiffait – met l'accent sur l'impression de vide que je m'efforçais déjà de conjurer par l'écriture. Si, épris de décorum autant que de poésie, je trouvais quelque réconfort à prévoir pour ma tombe une épitaphe, je choisirais volontiers cette sentence oraculaire, car elle me semble résumer – mieux qu'aucun de mes jeux de mots, aussi vif qu'ait été pour nombre d'entre eux mon désir d'y enclore une lourde masse de sens – l'essentiel de ce que, d'abord confusément puis plus clairement, j'aurai toujours pensé : ni religion ni art ne peuvent rien contre la mort (Mer-Orage-Rafale-Tonnerre). Légère touche rose, cependant, qu'un anxieux de mon espèce se doit d'ajouter à cette noirceur : l'art à tout le moins peut, sans mensonge, atténuer l'angoisse que suscite la perspective de la chute et, somme toute, faire efficacement office d'euthanasique. Reste qu'un regard jeté sur ma vie d'homme de plume m'oblige à constater que je me serai donné bien du mal et aurai parcouru un bien long chemin pour revenir presque à mon point de départ : possibilité (c'est un fait d'expérience) de se libérer pour un temps de l'angoisse par le moyen de l'art, mais impossibilité (chaque réveil le rappelle) de faire quoi que ce soit contre le coup de couperet qui, bout de votre courte course, vous tranche le cou tout comme à un coupable.

Plaisir qu'en écrivant j'éprouve à manipuler le langage pour le manipuler (sans prétendre émettre à chaque instant une sentence décisive) mais, au-delà de cette satisfaction directe, espoir de faire venir au jour quelques vérités et de les donner en partage, ambition conjointe au vœu plus égoïste mais en revanche plus modeste de faire partager – en sourdine, comme dans l'échange de propos arachnéens au cours duquel presque rien n'est dit et presque tout discrètement suggéré – mes façons bonnes ou mauvaises de parler (vocabulaire, tournures, rythme, ton, bref mon style dont je tiens moins à ce qu'il soit beau style que style exact doublement et sensible : véridique quant à ce qui est dit, ressemblant quant à moi qui dis et tel que je sente mes propres fibres ébranlées toutes les premières par ses ondes, sortilège que je souhaite voir s'opérer même quand rien n'est en cause qui dépasse ma personne ou l'engage intérieurement assez loin pour que soit atteint le point où cette personne, privée des détails caricaturaux qui font sa singularité et n'étant autant dire plus personne, devient n'importe qui ou tout le monde).

Cela, il va de soi, ne changera pas d'un iota la face de l'univers, mais il y aura ce partage, cette communication que j'aspire à voir s'instaurer alors même que la formule, forme pure, ne contiendrait aucune idée digne d'être retenue.

Ne pas mourir (ou « ne pas disparaître » si je veux désormais bannir un terme dont j'ai souvent employé la forme nominale et qui, évoquant lui aussi trop crûment affres et pourriture, en vient plus ce monologue approche de sa cadence terminale qui, contre vents et marées, se voudrait triomphale à me paraître d'une choquante obscénité), être repris par quelques autres, du moins quant à mes paroles dont je supporte mal qu'elles soient appelées à s'évanouir, voilà sans doute le grand motif qui me reste de publier des livres. Si mon travail actuel vise à en publier un de plus, il y entre pour beaucoup mon envie de montrer que je suis encore de ce monde, moi qui – la menace s'accentuant – n'écris plus guère que pour lutter contre l'horreur de savoir qu'un jour je ne lui appartiendrai plus.

L'idée du futur passage à zéro ne me tourmentent plus (je le constate) quand je suis en train d'écrire et que l'angoisse mineure de l'artisan inquiet de bien faire se substitue à mon angoisse majeure, je suis tout près de croire que la plupart de mes ouvrages littéraires tendaient à une délivrance de ce genre, quêtée en frappant un peu à toutes les portes, et que nombre au moins d'entre eux – notamment, apocalypse dans un

175

verre d'eau, le remue-ménage de sons et de sens qui a pris forme de glossaire – ont été par-dessus tout des trucs pour contrer provisoirement ma crainte du tomber de rideau que j'évite de désigner autrement que par cette métaphore, venant de tabouer – à travers le verbe apparenté – le substantif qui, brut ou comme maintenant périphrasé, est le pivot des présentes pages, ce mot qui culmine dans l'Air des Cartes de *Carmen* mais que, décemment, l'on ne devrait jamais prononcer qu'à voix basse. Un supplément à mon *Glossaire...* d'autrefois (celui auquel s'adjoignaient des combinaisons typographiques de mots ou d'éléments de mots formant des emblèmes plus ou moins déchiffrables, pratique trop sophistiquée que j'ai vite abandonnée bien qu'il me plût de jeter aussi visiblement des passerelles entre les mots), un supplément écrit lui aussi en langue d'ailleurs mais qui, parlant souvent de choses nettement de notre siècle, peut être regardé par quiconque l'envisage au point de vue du seul contenu comme un semblant de journal ou plutôt de fourre-tout où plus d'une de mes préoccupations du moment pourraient se lire en filigrane, c'est ce que j'entends aujourd'hui publier, jugeant qu'il a atteint l'ampleur voulue – guère moindre que celle du recueil d'antan – et qu'il n'y a pas lieu de le mettre en conserve pour une éventuelle parution posthume. Amas hétéroclite que seul structure – fatalité parente de celle qui régit ce que diront les dés au sortir du cornet – l'ordre alphabétique des mots interrogés, cette espèce de lexique (ou de fragment empirique de lexique auquel, théoriquement, pourraient s'ajouter d'autres fragments qui ne sauraient eux-mêmes être que cela, le temps qui me reste imparti ne pouvant me suffire pour explorer tout le dictionnaire, en eussé-je l'envie) indique, par le truchement de l'interprétation de certains mots, ce que j'ai pensé à une époque donnée et dévoile quelques-unes de mes opinions, dotées en apparence de plus de poids par le jeu de mots qui paraît en confirmer le bien fondé. Dévoilement opéré de façon, je l'avoue, sibylline mais non insaisissable car, n'aimant pas plus la tour d'ivoire que la place publique, je répugne autant qu'à la littérature dite « engagée », qui se noie presque infailliblement dans un prosaïsme utilitaire, à celle qui à l'autre extrême (traiter le langage sous l'unique angle de la création) se dissout facilement dans l'incompréhensible. Voué comme il l'est à l'inachèvement et composé de miettes de textes représentant un échantillonnage plutôt qu'un tout, ce si l'on veut embryon hasardeux de journal, qui ne saurait prétendre à l'unité et dont je suis seul à même de discerner approximativement les strates, me semble demander, plutôt qu'une édition globale, une édition par tranches – ainsi ce supplément s'ajoutant sans se fondre avec elle à la tranche beaucoup plus ouvertement surréaliste d'autrefois – si je tiens à ne pas voir s'effacer le caractère vivant et donc mouvant de l'ensemble de mon entreprise, caractère qui ne manquerait pas de se perdre dans un recueil soi-disant complet, pourvu d'un point final (fallacieux puisque cette manie des jeux de mots poétiques semble devoir ne me lâcher qu'avec mon dernier souffle ou dernière lueur d'intelligence) et constituant une « œuvre », close par définition et maintenant sans plus de vie qu'une pendule au mouvement arrêté.

À ma propension un peu iconoclaste à démantibuler le langage avec ces jeux de mots se mêlait, utopiquement, l'espérance d'aboutir parfois à un langage moins arbitraire, en connexion authentique avec les choses dont sa mission est de nous parler. Comme s'il fallait cette révolution, une désarticulation linguistique préfigurant notre future et définitive désarticulation, pour avoir des chances d'attraper quelques parcelles de vérité, ce qui est pur idéalisme : référence par analogie à une mythique outre-tombe où l'on pourrait pénétrer et qui vous enseignerait quelque chose. Idéalisme qui, il est vrai, ne se donne pas pour argent comptant mais se maquille en jeu : de même qu'un enfant aidé ou non par une panoplie s'amuse à se mettre dans la peau de je ne sais quel personnage, faire *comme si* l'on était ressortissant de l'autre monde et récipiendaire ou promoteur d'une révélation; s'offrir le luxe d'une sorte de théâtre, auquel on s'adonne avec fougue mais sans vraiment y croire; passer, en imagination, de l'autre côté de la rampe pour découvrir ce que seraient les choses vues autrement qu'à travers nos verres déformants.

Objet d'une appréhension nauséeuse, qui court en leitmotiv tout le long de ces feuillets alors qu'en personnage aussi bien élevé que le voudrait son anglophilie, non simple engouement de snob que le nom de Lock le chapelier impressionne à l'égal de celui d'un grand élisabéthain, mais sympathie pour une civilisation moderne où la civilité semble ne pas avoir perdu son droit de cité, je devrais m'abstenir de faire vibrer à tout bout de champ la corde du pathétique (manquement à cette morale sans majuscule, le savoir-vivre, qui n'a guère d'autre rôle que d'arrondir les angles de nos rapports avec les autres mais nous prescrit d'avoir d'abord un peu de tenue), le saut qui nous fera franchir la rampe pour en fait ne nous mener nulle part est ce dont l'attente effrayée m'atterre et tout à la fois m'anime. Moi paresseux, que même l'ennui qu'engendre l'oisiveté a grand-peine à secouer, aurais-je aussi souvent la plume en main s'il ne me fallait apprivoiser mon effroi ? Être ainsi aiguillonné, n'est-ce pas finalement un gain dont je dois tenir compte au lieu de m'enfermer comme à plaisir dans une ironie méchante et n'est-il pas de toute manière grand temps que, cessant de faire cérémoniellement alterner délectation morose et pirouettes d'une pertinence douteuse, je donne un tour moins grimaçant à cet essai consacré à ce qui, plus que tout autre de mes travaux, aura revêtu précisément l'aspect léger d'un jeu?

Perdre par désespoir tout attachement à quoi que ce soit qui vous passionnait ou laisser du moins s'éteindre comme un feu que plus rien n'alimente un goût que l'on avait, chercher un espoir dans un credo quelconque alors que par vocation l'on était un incroyant, tels sont les deux types de démission que peut entraîner la peur accrue par la perspective de la fin sentie de plus en plus proche. Forme de nihilisme, votre incrédulité même risque de vous conduire, quand vous serez au pied du mur, soit à vous abandonner à une morne indifférence, soit à vous fier à n'importe quoi (Dieu ou l'un entre autres de ses ersatz laïcs que l'on pose sur le non-sens de la vie comme un masque de signification) ou bien à vous efforcer de trouver à ce que vous aimiez simplement par bon plaisir une raison d'être, autre façon – guère plus brillante – de découvrir à tout prix, dans la panique du *les-canots-à-la-mer!* une foi sur laquelle s'appuyer sérieusement. Je crains que ce ne soit à cette dernière tendance – vouloir par dérobade devant le vide introduire une logique là où il n'y en a pas – que j'obéis quand j'essaie de trouver un grave fondement à mon *hobby*, voire d'établir, en bardant au besoin mes yeux de bésicles de bureaucrate besogneux, un lien de cohérence entre les divers volets de mon activité ou semblant d'activité (attirance, par exemple, qu'aurait exercée sur moi l'idée d'une langue de l'autre monde pour m'amener, d'une part, à la pratique que je voudrais presque philosophique du jeu de mots et, d'autre part, à l'étude aux visées expressément anthropologiques de la langue initiatique d'un peuple soudanais). De même, le besoin général d'harmonie qui me pousse à résoudre – pas toujours loyalement – celles de mes contradictions que j'ai repérées et m'empêche de tracer purement et simplement une croix d'oubli sur celles qui ne m'échappent pas mais dont il me faut constater l'irréductibilité.

Le vertige qui me saisirait et monterait jusqu'à ma gorge si j'étais un chanteur perdu sur un immense plateau d'opéra et chantant *a cappella* de sorte que, sans le soutien d'aucun orchestre ou instrument, sa voix réduite à elle-même est seule à meubler le silence, c'est un malaise de cette nature que j'éprouve quand mon regard s'arrête sur la nudité de ce fait : ce à quoi j'aime tant m'adonner n'a pas à être justifié rationnellement ni même mis en concordance, de manière apparemment significative, avec d'autres motifs de mon intérêt; cela ne répond qu'au plaisir que j'y prends. Admettre que ce pur plaisir se suffit et qu'il n'y a pas à chercher à l'étayer, la poésie étant assez grande fille pour marcher sans aide, ce n'est pas un biais pour me donner licence d'exécuter mon numéro en solitaire, sans me soucier d'autrui. Encore qu'enclin sempiternellement à tout rapporter à moi et à faire de ce pronom de première personne le centre sinon le moteur du monde, je sais qu'à moins de faire bon marché de ma qualité d'être humain je ne puis fermer les yeux sur le sort de mes semblables d'ici ou de plus loin et que rien ne pèse assez pour m'écarter de la règle que vaille que vaille je me suis fixée encore qu'intimement persuadé que tout système moral ou autre est le produit d'un artifice mis en œuvre pour les besoins de la cause et qu'il n'en est aucun dont, scrutées à fond, les assises ne se dérobent : agir, là où se pose la question cruciale de la solidarité, à peu près comme, à défaut d'esprit militant, un minimum de charité chrétienne l'exigerait de ma part, si je nageais dans ces eaux-là. Ce que je veux dire, c'est uniquement que je devrais faire face sans ciller quand je constate que, du moins pour le plus clair de ce vers quoi m'a une fois pour toutes porté mon libre choix, je suis mû par une dilection qui ne vaut que dans la mesure où je m'y abandonne, ce qui revient à reconnaître qu'elle ne repose sur rien.

Dans l'opéra illustre qui fut l'avant-dernier que composa Mozart, la flûte du prince Tamino et le *Glockenspiel* de Papageno l'oiseleur ont un rôle utilitaire : protéger contre les puissances mauvaises. Or, pour nous qui assis dans une salle de spectacle ou un salon de musique sommes étrangers à l'action contée, il suffit, pour échapper à nos persécuteurs intérieurs, d'écouter sans songer forcément à la fonction pratique que leur assigne le livret les mélodies que ces deux instruments émettent et qui se passent de tout appui : une calme

suite de sons moins soufflés qu'exhalés, un petit air de
boîte à musique dont comme d'elles-mêmes les notes
tintent tantôt au goutte à goutte tantôt précipitées. Rien
d'autre à faire que d'en accueillir la magie insidieuse,
en goûtant leur souveraine inutilité. Au-delà de l'utile
et de l'inutile (voire là où elle est utile par ce qu'elle
a d'inutile), voilà où − si l'on prétendait la cerner −
on pourrait situer la poésie, selon ce que me suggèrent
mes souvenirs d'auditions de *la Flûte enchantée,* œuvre
à la fois féerique et didactique où la musique est non
seulement un ressort capital du scénario mais, par
l'intermédiaire de l'oreille, un régal pour l'esprit.

Autre oracle de haute volée : Siegfried, Tarzan de
l'âge de fer qui n'a rien d'un Papageno et qu'on n'entend ni bafouiller bouche bouclée ni gazouiller avec sa
Papagena mais qui, oiseleur d'occasion, comprend le
langage des oiseaux après avoir tué le dragon. Comment
ne pas noter que l'aventure du héros supermanesque-
ment wagnérien est à première vue parente mais va
en vérité au rebours de ma propre démarche : un langage presque inhumain et un monstre se trouvent liés
dans celle-ci, mais quand je recours à ce langage c'est
dans le but de terrasser cette bête puante, savoir que
j'aurai une fin comme tous ceux que j'aime sentir
présents à mes côtés et ceux même sur qui je compte
pour un futur repêchage, d'ailleurs partiel et de toute
manière provisoire, mes sauveteurs eux non plus n'étant
pas éternels, tandis qu'au tueur de dragon, à celui qui

d'abord et sans calcul a vaincu la puissance mauvaise, l'accès à la langue des oiseaux échoit comme une aubaine, une prime qu'il reçoit après coup, en un heureux surplus. Telle serait donc ma double erreur : voir dans la poésie un procédé tactique à employer systématiquement, au lieu de la laisser venir; me contredire en m'échinant ici à charger de dessous et d'intentions un genre de parole qu'avec quelque continuité d'abord puis à mes moments perdus j'ai souvent adopté, séduit par son allure alerte de babil ou de pépiement émanant d'une autre sphère, sorte de langage des oiseaux et donc langage d'innocents, qu'il conviendrait de ne parler qu'en toute innocence.

Puisées elles encore dans le grand répertoire du théâtre lyrique – comme si les éblouissements de mon enfance ou de ma prime adolescence devant ce qu'elle connut de ce répertoire me faisaient voir en lui le miroir de toute sagesse – ces deux références, toutefois, ne font que confirmer ce dont je me doutais déjà et vers quoi, tricheur, je les oriente : s'imposant d'elle-même et valant pour elle-même sans qu'il y ait rien de comptabilisable à attendre de cette chance qu'on attend, l'illumination poétique – aux visites d'oiseau qui se pose un instant – ne saurait ni se savourer comme un vin qu'on a fait mûrir en cave ni passer à l'état domestique de moyen assujetti à un but, aussi vital que ce but soit à nos yeux. Pourquoi, dès lors, m'acharner à montrer que la quête de cette escarboucle se réduit chez moi à rien de plus qu'une stratégie visant à me libérer de l'angoisse? Peut-être ai-je raison de procéder à cette démystification, mais il n'en est pas moins ridicule de m'y engluer et de faire tant d'histoires à propos de l'inquiétude que me cause le destin qui me guette, mal dont je n'ai pas le privilège puisque le sort de tout un chacun est de le subir. Que, plus conscient que beaucoup, j'en attende la venue avec une anxiété particulière, cela ne change rien : selon l'un des premiers articles du code de la politesse, ne pas ennuyer les autres avec ses propres ennuis, il est inconvenant d'étaler ma plaie avec tant d'insistance, d'autant que cette plaie a pour origine une chose qui est la banalité même et au sujet de laquelle tout quidam pourrait, au même titre que moi, se répandre en jérémiades. Donc, qu'à la fin j'en finisse avec cette antienne trop ancienne, l'angoisse de me sentir finir!

Ne plus jouer les geignards ni dans ma vie sur le papier ni dans ma vie de chair et d'os. Lâcher le genre broyeur perpétuel de noir, empêcheur de danser en rond ou constant coupeur de cheveux en quatre. Ne pas laisser à tout instant, moraliste trop pointilleux pour n'être pas toujours à remâcher un remords, la mauvaise conscience virer à la mauvaise humeur. Me gardant de tout numéro du style monstre sacré (tentation à laquelle n'est pas seule en butte la bête de théâtre que ses façons inclineraient à croire créée pour rendre l'âme en scène), ne pas me mettre en posture de grand malade dont les caprices font loi, de penseur qu'il convient de protéger contre le vacarme du quotidien, voire d'ayant-droit à qui tout est permis. Essentiellement, cesser de m'appesantir, sous couleur de travailler à juguler mon démon, sur la frayeur née de la menace qui avant l'aboutissement fatal plane au-dessus de la tête de chacun de nous, source pour moi d'un malaise croissant qui aigrit désagréablement mon caractère, ce dont plus que les autres pâtit injustement ma toute proche, la compagne de quasiment toujours à qui je me sens uni par un lien si nécessaire que, connaissant ma faiblesse, je ne sais diablement pas quel homme j'aurais été (peut-être le plus méprisable ou le plus à vau-l'eau) si elle n'avait pas été là. Parvenir, dure performance! à du moins un semblant de sérénité, fût-ce pour ne pas trop m'éloigner de l'image que depuis l'époque à demi fabuleuse où j'ai souhaité devenir tel je me fais du poète, personnage souvent des plus malheureux ou des plus rebelles, mais que l'on ne conçoit pas acariâtre et vainement chicaneur car par sa voix, que le timbre en soit sombre ou clair, il domine – ou devrait dominer – les contingences et avoir assez de hauteur pour échapper, sinon au Mal, du moins à la mesquinerie. Museler une bonne fois et renvoyer à ses enfers le Satan que j'ai trop longtemps écouté, ne vivre ni au futur trop ténébreux ni au passé trop pâle mais au présent, aller vers le naturel et la simplicité : beau programme, utopique certes, mais qu'il me faut au plus vite essayer d'appliquer, si je ne me résigne pas à tourner au franc enquiquineur et si, discret coup de chapeau à la notion d'art pour l'art, je tiens – pour le bon goût, et sans renier ma conviction plus amère qu'amène qu'être sur cette planète c'est être un Petit Poucet qui s'emploierait de son mieux à égrener ses cailloux mais n'échapperait pas à l'ogre – à ce que l'aventure qu'a amorcée ma naissance sans que je l'aie voulu et que tant bien que mal j'ai prise en main ait – telle qu'elle pourrait apparaître dans un récit en forme – une manière de *happy end*.

Désavouer les marques écrites que j'ai données de mon esprit chagrin? Faire table rase? Biffer d'un trait de plume tout ce pour quoi je me suis passionné? Défendre même au souvenir de sourdre et, sous prétexte de revirer proprement, proprement m'évirer? Mon désir de faire place nette pour repartir sur des bases plus saines si j'en ai le loisir ne va pas jusque-là et, pour conscient que je sois de l'absurdité dans laquelle nous ont jetés ceux qui nous ont mis au monde, je reste, en dépit de toutes mes critiques et autocritiques menées en m'armant bizarrement de cette Raison à quoi je ne crois guère, attaché à ces choses qu'aveuglément peut-être mais du plus profond de moi j'ai aimées. Ainsi en va-t-il de mes livres, dont je n'ignore pas les défauts et qui, sans poids dans ce monde actuel que malgré mon négativisme je voudrais voir purgé de ses horreurs (taches de sang macbéthiennes beaucoup plus que vilaines blagues), me causent la gêne d'avoir dépensé trop de temps pour eux, mais que je ne suis pas près de livrer au feu, consentant à leur destruction globale ou brûlant symboliquement les exemplaires que je possède. Soucieux presque exclusivement de mon travail en cours – celui qui me montre que je vis toujours et demeure capable d'aligner des phrases qui tiennent à peu près debout, quand je ne me plais pas à user d'un langage délibérément déboussolé – je ne les relis guère que dans les minces limites où il m'est techniquement indispensable de m'y reporter (voir par exemple si, parlant de moi, je ne redis pas presque mot pour mot ce que j'ai déjà dit, si à l'inverse il n'y a pas lieu de rectifier ou si, revenant sur un fait vécu, je ne suis pas sur le point d'en donner une version cette fois fâcheusement altérée par l'usure de ma mémoire ou tel parti que j'aurai pris) et je les laisse dormir dans le placard où ils sont enfermés avec d'autres archives, tels mes programmes d'opéra et une grosse masse de courrier en grande partie inclassé, dans la pièce sans affectation précise située tout au fond de mon appartement de Paris et dite la « lingerie ». Pourtant, sans me faire de folles idées sur la qualité du contenu de ces volumes de formats comme d'épaisseurs très inégaux et tout en sachant qu'ils ne sont pas des spécimens uniques, la plupart pouvant même être remplacés sans difficulté dans le cas (fort improbable) où ils seraient perdus, je reste accroché à ces traces palpables de mon effort non seulement par une incoercible vanité d'auteur content du cadeau qu'il pense avoir fait à la culture, attentif aux informations quasi boursières que lui fournissent les cent yeux de l'Argus de la Presse et puérilement flatté s'il se voit mentionné ou mieux encore portraituré dans un dictionnaire, mais par un sentiment dont les racines plongent plus loin et que je prétends plus sérieux. Je tiens – le fait est – à mes livres autant qu'un enfant peut tenir à de vieux jouets, point forcément rares ou d'un spécial attrait, sans valeur autre que celle qu'il leur accorde, mais objets singulièrement proches de lui et que, les regardant jalousement comme les *siens* (naguère intimes compagnons et presque annexes ou appendices), il cote très haut sans qu'ils aient besoin de provenir de l'un de ces magasins dont les noms qui donnent à rêver pourraient être les titres de pantomimes de Noël comme il s'en monte traditionnellement à Londres pour la joie des grands et des petits, Le Nain Bleu et L'Oiseau de Paradis.

Saint-Hilaire, le 5 mai 1985.

DU MÊME AUTEUR

Aux Éditions Gallimard

Voyages

L'AFRIQUE FANTÔME, illustré de 32 planches hors texte

CONTACTS DE CIVILISATIONS EN MARTINIQUE
ET EN GUADELOUPE

JOURNAL DE CHINE

Essais

L'ÂGE D'HOMME, précédé de DE LA LITTÉRATURE
CONSIDÉRÉE COMME UNE TAUROMACHIE
(Folio n° 435)

LA RÈGLE DU JEU

I: BIFFURES (L'Imaginaire n° 260)

II : FOURBIS (L'Imaginaire n° 261)

III : FIBRILLES (L'Imaginaire n° 275)

IV : FRÊLE BRUIT (L'Imaginaire n° 274)

LE RUBAN AU COU D'OLYMPIA (L'Imaginaire n° 217)

LANGAGE TANGAGE ou CE QUE LES MOTS ME
DISENT

JOURNAL (1922-1989)

Poésie

HAUT MAL

MOTS SANS MÉMOIRE

NUITS SANS NUIT ET QUELQUES JOURS SANS
JOUR

Roman

AURORA (L'Imaginaire n° 3)

Dans la collection « L'Univers des Formes »

AFRIQUE NOIRE (en collaboration avec Jacqueline Delange)

Dans la collection « Quarto »

MIROIR DE L'AFRIQUE

Critiques

BRISÉES (Folio Essais ° 188)

ZÉBRAGES (Folio Essais n° 200)

Littérature

À COR ET À CRI

Aux Éditions Denöel/Gonthier

CINQ ÉTUDES D'ETHNOLOGIE (Tel/Gallimard, n° 133)

Ouvrage reproduit
par procédé photomécanique.
Impression CPI Firmin Didot,
à Mesnil-sur-l'Estrée, le 2 mars 2010.
Dépôt légal : mars 2010.
Premier dépôt légal : octobre 1995.
Numéro d'imprimeur : 99238.

ISBN 978-2-07-074211-0/Imprimé en France.